Bo[...]
"Al[...]

MW01281842

9/18 – 1, 2, 3
9/25 – 4, 5, 6
    7, 8, 9, 10 ✓

éclouer
legs
* pg 49
vergogne
fondedn
les leurres
* pg 50

Ch X   poignant   p. 50 aléas
his letter
to her
significance of the hibiscus   s paupières

p 52 communément
p 53 gambades

Ch XI – his recitation
    begins

10/23 17, 18, 19

Né à Paris en 1966, David Diop a grandi au Sénégal. Il est actuellement maître de conférences à l'Université de Pau. Il signe avec *La Porte du voyage sans retour*, son troisième roman, après le succès de *Frère d'âme* (lauréat du prix Goncourt des lycéens 2018, de l'International Booker Prize 2021 et traduit dans plus d'une trentaine de pays).

1889, l'Attraction universelle
L'Harmattan, 2012

Frère d'âme
Seuil, 2018
Et « Points », n° P5072

Rhétorique nègre au XVIIIᵉ siècle :
des récits de voyage à la littérature abolitionniste
Classique Garnier, 2018

David Diop

LA PORTE DU VOYAGE SANS RETOUR

ou les cahiers secrets
de Michel Adanson

ROMAN

Éditions du Seuil

David Diop est représenté par SFSG Agency

ISBN 978-2-7578-9649-5

© Éditions du Seuil, 2021

*À mon épouse : il n'y a de parole tissée
que pour toi et tes rires soyeux.
À mes enfants bien-aimés, à leurs rêves.
À mes parents, messagers de sagesse.*

« Eurydice – Mais par ta main ma main n'est plus pressée !
Quoi, tu fuis ces regards que tu chérissais tant ! »

GLUCK, *Orphée et Eurydice*.
Livret traduit de l'allemand en français
par Pierre-Louis Moline
pour la première datée du 2 août 1774
au Théâtre du Palais-Royal à Paris

I

Michel Adanson se regardait mourir sous les yeux de sa fille. Il se desséchait, il avait soif. Ses articulations calcifiées, coquilles d'os fossilisées, ne se dénouaient plus. Tordues comme des sarments, elles le martyrisaient en silence. Il croyait entendre ses organes défaillir les uns après les autres. Des craquements intimes, lui annonçant sa fin, crépitaient faiblement dans sa tête comme au départ du feu de brousse qu'il avait allumé vers le soir, plus de cinquante ans auparavant, sur une rive du fleuve Sénégal. Il avait dû se réfugier très vite sur une pirogue d'où, en compagnie de ses laptots, les maîtres des eaux fluviales, il avait contemplé une forêt entière flamber.

Les *sump*, dattiers du désert, étaient fendus par des flammes environnées d'étincelles jaunes, rouges, bleu irisé, qui virevoltaient autour d'elles comme des mouches infernales. Couronnés de flammèches fumantes, les palmiers rôniers s'effondraient sur eux-mêmes, sans bruit, leur énorme pied entravé au sol. À proximité du fleuve, des palétuviers gorgés d'eau bouillaient avant d'éclater en lambeaux de chair sifflante. Plus loin à l'horizon, sous un ciel écarlate, l'incendie chuintait en lampant la sève des acacias, des anacardiers, des ébéniers, des eucalyptus tandis que ses habitants fuyaient la forêt en

11

geignant de terreur. Rats musqués, lièvres, gazelles, lézards, fauves, serpents de toutes tailles coulaient dans les eaux obscures du fleuve, préférant mourir noyés plutôt que brûlés vifs. Leurs plongeons désordonnés troublaient les reflets du feu sur la surface de l'eau. Clapotis, vaguelettes, submersion.

Michel Adanson ne croyait pas avoir entendu cette nuit-là la forêt se plaindre. Mais alors qu'il était consumé par un incendie intérieur aussi violent que celui qui avait illuminé sa pirogue sur le fleuve, il soupçonnait que les arbres brûlés avaient dû hurler des imprécations dans une langue végétale, inaudible aux hommes. Il aurait voulu crier, mais aucun son ne parvenait à franchir sa mâchoire tétanisée.

Le vieil homme pensait. Il ne craignait pas sa mort, il déplorait qu'elle soit inutile à la science. Dans un dernier élan de fidélité, son corps, qui battait en retraite devant la grande ennemie, lui offrait un décompte presque imperceptible de ses renoncements successifs. Méthodique jusque dans son trépas, Michel Adanson regrettait d'être impuissant à décrire dans ses cahiers les défaites de son ultime bataille. S'il avait eu le moyen de parler, Aglaé aurait pu être sa secrétaire d'agonie. Il était trop tard pour se raconter mourir.

Pourvu qu'Aglaé découvre ses cahiers. Pourquoi ne les lui avait-il pas légués dans son testament ? Il n'aurait pas dû craindre le jugement de sa fille autant que celui de Dieu. Quand on passe la porte de l'autre monde, la pudeur ne la franchit pas.

Un jour de lucidité tardive, il avait compris que ses recherches en botanique, ses herbiers, ses collections de coquillages, ses dessins disparaîtraient dans son sillage de la surface de la terre. Au cours de l'éternel ressac des générations d'êtres humains qui se suivent et se

12

ressemblent viendrait un homme, ou pourquoi pas une femme, botaniste impitoyable, qui l'ensevelirait sous les sables d'une science ancienne, révolue. L'essentiel était donc de figurer dans la mémoire d'Aglaé tel qu'en lui-même, et non pas aussi immatériel qu'un fantôme de savant. Cette révélation l'avait frappé le 26 janvier 1806. Très exactement, six mois, sept jours et neuf heures avant le début de sa mort.

Ce jour-là, une heure avant midi, il avait senti son fémur se rompre sous l'épaisseur des chairs de sa cuisse. Un crac étouffé, sans cause apparente, et il s'en était fallu de peu qu'il ne tombe tête la première dans la cheminée. Sans les époux Henry, qui l'avaient rattrapé par la manche de sa robe de chambre, sa chute lui aurait sans doute coûté d'autres contusions et peut-être des brûlures au visage. Ils l'avaient allongé sur son lit avant de partir chacun de leur côté chercher des secours. Et, tandis que les Henry couraient les rues de Paris, il s'était évertué à appuyer fortement le talon de son pied gauche sur le dessus de son pied droit pour étirer sa jambe blessée jusqu'à ce que les os fracturés de son fémur se réajustent. Il s'était évanoui de douleur. À son réveil, peu avant l'arrivée du chirurgien, Aglaé occupait son esprit.

Il ne méritait pas l'admiration de sa fille. Jusqu'alors, l'unique but de sa vie avait été que son *Orbe universel*, son chef-d'œuvre encyclopédique, l'élève au sommet de la botanique. Poursuivre la gloire, la reconnaissance inquiète de ses pairs, le respect de savants naturalistes disséminés partout en Europe, n'était que vanité. Il avait consumé ses jours et ses nuits à décrire minutieusement près de cent mille « existences » de plantes, de coquillages, d'animaux de toutes espèces au détriment de la sienne. Or il fallait bien admettre que rien n'existait sur terre sans une intelligence humaine pour lui donner un

13

sens. Il donnerait un sens à sa vie en l'écrivant pour Aglaé.

Sous l'effet d'un coup involontaire porté à son âme neuf mois plus tôt par son ami Claude-François Le Joyand, des regrets avaient commencé à le tourmenter. Jusqu'alors, ce n'avait été que des repentirs affluant comme des bulles d'air du fond d'un étang boueux, éclatant sans préavis, ici ou là, à sa surface, malgré les pièges que son esprit avait tendus pour les contenir. Mais durant sa convalescence alitée, il était parvenu enfin à les dominer, les emprisonner dans des mots. Et, grâce à Dieu, ses souvenirs s'étaient égrainés en ordre sur les pages de ses cahiers, liés les uns aux autres comme les perles d'un rosaire.

Cette activité lui avait coûté des larmes que les époux Henry avaient mises sur le compte de sa cuisse. Il le leur avait laissé croire et lui procurer tout le vin qu'ils avaient voulu, remplaçant l'eau sucrée qu'il avait coutume de boire par une pinte et demie de chablis par jour. Mais l'ivresse du vin n'atténuait pas le rappel toujours plus éprouvant, au fil de l'écriture de ses cahiers, de son amour éperdu pour une jeune femme dont il avait peine à se remémorer les contours du visage. Ses traits s'étaient comme évaporés dans l'enfer de l'oubli. Comment traduire par de simples mots l'exaltation qu'il ressentait à sa vue cinquante ans auparavant ? Il avait lutté pour que l'écriture la lui restitue intacte. Et cela avait été une première bataille contre la mort qu'il avait cru gagner avant qu'elle ne finisse par le rattraper. Quand elle l'avait retrouvé, il avait fort heureusement achevé la rédaction de ses souvenirs d'Afrique. Clapotis, vague à l'âme, résurrection.

II

Aglaé regardait son père mourir. À la lueur d'une chandelle posée sur son chevet, petit meuble bas à tiroirs factices, il s'étiolait. Au milieu de son dernier lit de douleurs, il ne restait plus qu'une petite portion de lui. Il était maigre, sec comme du bois de chauffage. Dans la frénésie de son agonie, ses membres osseux soulevaient de proche en proche la surface des draps qui les entravaient, comme s'ils étaient animés d'une vie indépendante. Seule son énorme tête, posée sur un oreiller mouillé de sueur, surgissait du flot de tissu qui engloutissait les pauvres reliefs de son corps.

Lui qui avait porté de longs cheveux roux foncé, noués en catogan par un ruban de velours noir quand il s'endimanchait pour la sortir du couvent et la conduire au Jardin du Roi, le printemps venu, était chauve désormais. Le duvet blanc qui brillait au gré des brusques danses de la chandelle posée sur sa table de chevet ne cachait pas les grosses veines bleues courant sous la surface de la peau fine de son crâne.

À peine visibles sous la broussaille grise de ses sourcils, ses yeux bleus enfoncés dans leurs orbites devenaient vitreux. Ils s'éteignaient, et plus que toutes les autres marques de son agonie, cela était insupportable à Aglaé. Car les yeux de son père étaient sa vie. Il les

15

avait usés à scruter les infimes détails de milliers de plantes et d'animaux de toutes espèces, à deviner les secrets sinueux du cours de leurs nervures ou de leurs vaisseaux, irrigués de sève ou de sang.

Ce pouvoir de percer les mystères de la vie, qu'il avait gagné en se penchant des jours entiers sur ses spécimens, son regard le portait encore quand il le levait vers vous. Il vous sondait de part en part et vos pensées, même les plus secrètes, les plus microscopiques, étaient vues. Vous n'étiez pas seulement une œuvre de Dieu parmi d'autres, mais vous deveniez l'un des chaînons essentiels d'un grand Tout universel. Habitués à traquer l'infiniment petit, ses yeux vous suspendaient dans l'infiniment grand, comme si vous étiez une étoile tombée du ciel qui retrouvait sa place précise, au côté de milliards d'autres, après avoir cru la perdre.

Désormais refermé sur lui-même par la souffrance, le regard de son père ne racontait plus rien.

Indifférente à l'âcre odeur de sa transpiration, Aglaé se pencha vers lui comme elle l'aurait fait sur une fleur étonnamment fanée. Il essayait de lui parler. Elle regarda de très près ses lèvres bouger, déformées par le passage d'une série de syllabes qu'il balbutiait. Il pinçait les lèvres puis laissait filer entre elles comme un râle. Elle crut d'abord qu'il disait « Maman », mais c'était en fait quelque chose comme « Ma Aram » ou « Maram ». Il l'avait répété sans trêve, jusqu'à la fin. Maram.

Claude-François
le Joyaud
3 wks p^ la mort
death notice - mensonges

III

les epoux Henry

S'il était un homme qu'Aglaé haïssait autant qu'elle aurait pu l'aimer, c'était bien Claude-François Le Joyand. Il avait fait paraître, à peine trois semaines après la mort de Michel Adanson, une notice nécrologique tissée de mensonges. Comment cet individu, qui se prétendait l'ami de son père, avait-il pu écrire que ses domestiques avaient été les seules personnes à l'assister pendant les six derniers mois de sa vie ?

Dès que les Henry l'avaient avertie que son père mourait, elle s'était précipitée hors de son domaine en Bourbonnais. Quant à Claude-François Le Joyand, elle ne l'avait pas vu paraître pendant sa longue agonie. Elle ne l'avait pas vu non plus à son enterrement. Et pourtant cet homme s'était autorisé à raconter les derniers jours de Michel Adanson comme s'il avait été présent. L'idée l'avait d'abord traversée que les Henry avaient été les informateurs malintentionnés de Le Joyand. Mais elle s'était repentie de les avoir soupçonnés d'une telle vilenie en se rappelant leurs pleurs silencieux, leurs sanglots étouffés pour ne pas la déranger dans sa peine.

Elle n'avait lu cette notice qu'une seule fois, d'une traite, anxieuse à chaque nouvelle page de trouver une aménité qui n'arrivait jamais, buvant le calice jusqu'à la lie. Non, jamais Le Joyand n'avait pu surprendre un soir d'hiver son père, transi de froid, accroupi devant le maigre feu de sa cheminée, écrivant à même le sol à la lueur de quelques braises. Non, elle n'avait pas laissé son père dans un dénuement si grand qu'il en aurait été réduit à ne plus se nourrir que de café au lait. Non, Michel Adanson ne s'était pas retrouvé seul face à la mort, sans sa fille auprès de lui, comme cet homme s'était plu à l'inventer.

Cette notice visait, sans qu'elle s'explique pourquoi, à lester son deuil d'une honte publique irrémédiable. Réfuter les insinuations du soi-disant ami de son père était impossible. Elle n'aurait sans doute jamais l'occasion de lui demander des comptes de sa méchanceté. Peut-être était-ce mieux ainsi.

Les derniers mots de son père sur son lit de mort avaient donc bien été « Ma-Aram », ou « Maram », et non pas cette ridicule petite phrase convenue que lui prêtait Le Joyand dans son abominable notice : « Adieu, l'immortalité n'est pas de ce monde. »

IV

Petite fille, le bonheur d'Aglaé était presque parfait quand son père la conduisait une fois par mois au Jardin du Roi. Là, il lui montrait la vie des plantes. Il avait dénombré cinquante-huit familles de fleurs mais, à hauteur de microscope, aucune n'était semblable à ses sœurs. Sa prédilection pour les bizarreries de la nature, si encline à enfreindre ses propres lois sous une uniformité de façade, l'avait gagnée. Souvent ils avaient couru tous les deux les allées des grandes serres du Jardin du Roi, tôt le matin, une montre à la main, s'émerveillant de l'heure immuable où les fleurs d'hibiscus, quelle que soit leur variété, entrouvraient leur corolle à la lumière du jour. Depuis, grâce à lui, elle savait l'art de se pencher sur une fleur, des jours entiers, pour espionner les mystères de sa vie éphémère.

La complicité qui avait resurgi entre eux à la fin de sa vie rendait encore plus cuisants ses regrets de ne pas savoir qui était véritablement Michel Adanson. Quand elle venait lui rendre visite, rue de la Victoire, avant son fémur brisé et sa chute, elle le trouvait invariablement accroupi, les genoux à hauteur du menton, les mains dans la terre noire d'une serre qu'il avait fait construire au fond de son petit jardin parisien. Il l'accueillait toujours par les mêmes mots, comme pour en faire une légende. S'il se tenait ainsi plutôt qu'assis sur une chaise ou dans un fauteuil, c'était parce qu'il en avait pris l'habitude au cours des cinq années de son voyage au Sénégal. Elle gagnerait à essayer cette position de repos, même si elle ne lui paraissait pas élégante. Et il le lui répétait comme le font les personnes très âgées accrochées à leurs souvenirs les plus anciens, s'amusant aussi, sans doute, à relire dans ses yeux les vies qu'elle lui avait rêvées quand elle était petite fille, les rares fois où il lui avait raconté des bribes de son voyage en Afrique.

Aglaé était toujours surprise de bonne foi par la différence des images que les rituels de parole de son père avaient le pouvoir de créer dans son esprit. Lui ne semblait jamais se lasser de recourir à ces mots identiques qui faisaient naître dans le regard de sa fille des tableaux idylliques de sa jeunesse. Tantôt elle l'avait imaginé beaucoup plus jeune, allongé sur un berceau de sable chaud, entouré de Nègres se reposant comme lui à l'ombre de ces grands arbres appelés kapokiers. Tantôt elle l'avait vu, encerclé des mêmes Nègres en costumes chamarrés, réfugié avec eux dans le creux immense du tronc d'un baobab pour se préserver de la canicule africaine.

Cette circulation de souvenirs imaginaires, indéfiniment réactivée par des mots-talismans comme « sable », « kapokier », « fleuve Sénégal », « baobab », les avait, un moment, rapprochés. Mais pour Aglaé cela n'avait pas suffi à compenser tout le temps qu'ils avaient perdu à s'éviter. Lui, parce qu'il ne trouvait pas une minute à lui consacrer ; elle, en représailles de ce qu'elle avait perçu comme un défaut d'amour.

Quand elle était partie avec sa mère, à l'âge de seize ans, pour un séjour d'un an en Angleterre, Michel

Adanson ne lui avait adressé aucune lettre. Il n'en avait pas eu le temps, prisonnier volontaire d'un de ces rêves d'encyclopédie du siècle des philosophes. Mais si Diderot et d'Alembert, ou plus tard Panckoucke, s'étaient entourés d'une centaine de collaborateurs, son père avait exclu qu'un autre que lui rédige les milliers d'articles de son chef-d'œuvre. À quel moment avait-il cru possible de démêler ces fils, cachés dans l'immense écheveau du monde et censés relier tous les êtres par de subtils réseaux de parenté ?

L'année même de son mariage, il avait commencé à calculer le temps vertigineux nécessaire à l'achèvement de son encyclopédie universelle. Prévoyant, selon une « estimation haute », que s'il mourait à soixante-quinze ans, il lui resterait trente-trois ans et que, à raison de quinze heures de travail par jour en moyenne, cela ferait cent quatre-vingt mille six cent soixante-quinze heures de temps utile. Il avait vécu dès lors comme si chaque minute d'attention qu'il accordait à son épouse et à sa fille l'arrachait à un labeur qui n'aboutirait jamais à cause d'elles.

Aglaé s'était donc cherché un autre père, qu'elle avait trouvé en Girard de Busson, l'amant de sa mère. Et si la nature avait pu les fondre, lui et Michel Adanson, pour en faire un seul homme, cette greffe humaine aurait frôlé la perfection à ses yeux.

Sans doute sa mère avait-elle pensé la même chose. C'est elle, Jeanne Bénard, beaucoup plus jeune que Michel Adanson, qui avait souhaité se séparer de lui, bien qu'elle en soit toujours amoureuse. Son époux avait reconnu volontiers, devant notaire, qu'il lui était impossible d'accorder du temps à sa famille. Ces paroles sincères, mais cruelles, avaient fait souffrir Jeanne, qui, par dépit, les avait rapportées à sa fille, malgré ses neuf ans.

21

Et, quand, encore petite, elle avait appris qu'un de ses livres s'intitulait *Familles des plantes*, Aglaé s'était dit, pleine d'amertume, que les plantes étaient bien l'unique famille de son père.

Autant Michel Adanson était petit et sec de constitution, autant Antoine Girard de Busson était grand et fort. Autant le premier pouvait devenir soudain taciturne et désagréable en société, autant le second, qu'Aglaé appelait « Monsieur » dans l'intimité de l'hôtel particulier où il les avait recueillies, elle et sa mère, après le divorce de ses parents, était sociable et enjoué.

Connaisseur de l'âme humaine, Girard de Busson n'avait pas essayé de supplanter dans son cœur de petite fille, puis de jeune fille, Michel Adanson qu'il avait même persisté à aider dans son projet mythique de publication, malgré les refus souvent peu courtois du savant misanthrope.

Contrairement à Michel Adanson, qui semblait ne s'être jamais soucié ni de ses mariages ni de ses petits-enfants, Girard de Busson s'était évertué à la rendre heureuse. C'était à lui qu'Aglaé devait la dot qu'elle avait apportée à ses deux malheureux maris et surtout le château de Balaine, qu'il avait acheté pour elle en 1798. Mais, par une étrange confusion de ressentiments, elle lui avait parfois mené la vie dure. Girard de Busson avait patiemment supporté son acrimonie et ses injustices, paraissant même content qu'elle le traite aussi mal, comme s'il voyait dans ses caprices et ses colères des preuves d'amour filial, lui qui n'avait pas eu d'enfants.

Pour laver, par le mariage de sa fille, le déshonneur attaché à son divorce, sa mère avait tenu à lui faire épouser, alors qu'elle n'avait que dix-sept ans, Joseph de Lespinasse, un officier conventionnel, qui avait eu la mauvaise idée, au soir de leurs noces, de s'attaquer à sa virginité *manu militari.* Quand ils s'étaient retrouvés dans leur chambre nuptiale, cet homme l'avait irrémédiablement dégoûtée de lui. La gorge serrée, pensant qu'elle partagerait son émoi, il lui avait chuchoté à l'oreille qu'il voulait la posséder *more ferarum,* à la mode des bêtes sauvages. L'aveu très cru de son désir en latin d'Église l'avait moins heurtée que la façon brutale dont il avait tenté de lui inculquer sa passion. Mais il s'était repenti de ses violences car elle avait su défendre son corps au détriment du sien. Joseph de Lespinasse, papillon de nuit, n'était plus sorti de chez eux une semaine durant, pour cacher au public l'hématome violacé qui ornait le pourtour de son œil droit. Elle avait obtenu leur divorce sans difficulté, à peine un mois plus tard.

Aglaé n'avait pas été plus heureuse avec Jean-Baptiste Doumet, sous-lieutenant d'un régiment de dragons devenu négociant à Sète. Le seul mérite de son second mari était de lui avoir fait deux fils dans le strict respect des règles d'une procréation sans passion. S'il avait eu des goûts particuliers en matière d'amour, ce n'était pas avec elle qu'il les avait pratiqués. Peut-être les réservait-il à ses maîtresses d'un jour, qu'il ne s'était plus soucié, peu après leur mariage, de lui cacher ?

Elle redoutait de ne jamais être heureuse. Le sentiment que le bonheur en amour ne pouvait être que de la littérature l'attristait. Et, bien qu'elle ait assez vécu pour ne plus se laisser bercer d'illusions sentimentales, elle espérait encore, même après deux mariages ratés, trouver l'homme de sa vie au premier regard. Sa foi dans l'Amour la mettait en colère contre elle-même. Elle était comme ces athées qui craignent de succomber à la tentation de la croyance en Dieu le jour de leur mort. Elle maudissait le dieu Amour sans jamais réussir à le renier tout à fait.

23

Alors, quand Girard de Busson, qui la voyait triste et mélancolique, lui avait annoncé l'achat du château de Balaine et sa visite programmée un mois plus tard, elle s'était ranimée. Elle avait pensé, sans même l'avoir vu, que ce château serait sa boussole. Les hommes, les plantes et les animaux y vivraient en harmonie. Balaine serait son âge d'or personnel, un chef-d'œuvre intime qui ne serait lisible que par elle-même. Elle seule saurait déchiffrer, sous son ordonnancement final, les étagements d'espoir et les fulgurances d'enthousiasme qu'il lui aurait coûtés. Elle y chérirait même ses désillusions.

V

Situé non loin de la ville de Moulins, aux marches du Bourbonnais, le château de Balaine jouxtait le petit village de Villeneuve-sur-Allier, peuplé d'un peu moins de sept cents âmes. La première fois que Girard de Busson l'y avait emmenée, ils n'étaient que deux. Heureux de se retrouver seul à Paris, Jean-Baptiste, son second mari, n'avait pas souhaité l'accompagner tandis qu'Émile, leur fils aîné, trop petit encore pour un tel voyage, avait été laissé aux bons soins de Jeanne, sa grand-mère.

Installés dans la luxueuse voiture de Girard de Busson, qui était tractée par quatre chevaux conduits depuis toujours par Jacques, le cocher de la famille, ils avaient quitté la maison à l'aube du 17 juin 1798. L'hôtel particulier de Girard de Busson se trouvait rue du Faubourg-Saint-Honoré, non loin de la folie Beaujon. Ils avaient donc franchi la Seine par le pont de la Concorde. Mais, après avoir traversé le faubourg Saint-Germain, Jacques avait choisi de piquer vers le sud puis vers l'est, pour longer l'ancien mur des fermes, de barrière en barrière. Il voulait éviter de traverser les faubourgs populaires de Saint-Michel, Saint-Jacques et surtout Saint-Marcel, d'où ils auraient pu aussi rejoindre la barrière d'Italie par la rue Mouffetard. La berline de Girard de Busson faisait étalage de richesse. À l'époque du Directoire, le petit peuple de Paris, déjà nostalgique de la Révolution, était encore susceptible et inflammable.

Au-delà de la barrière d'Italie s'ouvrait le grand chemin du roi, rebaptisé du temps de l'Empereur la « route impériale numéro huit », qui reliait Paris à Lyon. Aglaé était rarement sortie de Paris par la route du Bourbonnais. Au plus loin, elle s'était arrêtée à Nemours, où les Parisiens de la bonne compagnie aimaient à passer le dimanche, dès les beaux jours du printemps, paradant dans leurs cabriolets décapotables.

Elle avait commencé le long voyage vers le château de Balaine les yeux mi-clos, pour s'examiner elle-même. Assise dans le sens contraire de la marche, face à Girard du Busson qui respectait en silence son semblant d'assoupissement, elle ne prêtait pas attention au paysage qui défilait lentement derrière les vitres de la berline, se laissant bercer par le roulis de la voiture. Peu à peu, dans la semi-pénombre de l'aube, elle s'était imaginé que les craquements des ressorts de la voiture, associés aux pas étouffés des chevaux, figuraient le chuintement du vent dans les voiles et le grincement des cordages d'un navire presque arrêté aux confins de l'Atlantique. Puis, soudain, la clarté qui envahissait par l'est l'intérieur de la voiture s'était éteinte, comme si, renversant le cours habituel du temps, la nuit revenait sur ses pas. Une vague lumière glauque s'était abattue sur eux, l'engloutissant dans un demi-sommeil propice aux rêves éveillés. Ils venaient de passer le carrefour de l'Obélisque et s'enfonçaient doucement sur la route rectiligne traversant la forêt de Fontainebleau.

Elle était debout sur le pont d'un navire ailé de grandes voiles blanches. Sous ses pieds, le bois était brûlant. Au-dessus d'elle, un de ces crépuscules de nuages bleus, orange et verts, fondus dans une fumée

26

de ciel doré. Des nuées de poissons volants poursuivis par des prédateurs invisibles éclaboussaient la coque du bateau. Leurs nageoires ne les portaient pas assez loin du danger qui les guettait sous la surface de l'eau. Lancés vers le ciel, ils fuyaient des gueules roses, grandes ouvertes, surgies des profondeurs. Mais des oiseaux blancs, des cormorans ou des mouettes peut-être, les pourchassaient aussi. Et les flèches argentées, ni tout à fait poissons, ni tout à fait oiseaux, étaient broyées tantôt par des mâchoires, tantôt par des becs, prises en étau dans des bouquets d'écume.

Aussi désespérée que ces étranges poissons qui n'étaient chez eux ni dans l'eau ni dans l'air, les yeux toujours clos, elle s'était retenue de pleurer.

De son premier voyage vers le château de Balaine, au mois de juin 1798, Aglaé ne se souvenait que de ce demi-rêve triste, guidé par sa conscience et dont elle avait pensé pouvoir s'échapper quand elle l'aurait voulu. Mais il l'avait poursuivie ce jour-là jusqu'à leur destination finale. Ce ne fut qu'un voyage après l'autre, souvent solitaire, au cours des années qui avaient précédé le 4 septembre 1804, où elle s'était installée dans une ferme voisine du château de Balaine, le temps de sa réfection, qu'elle avait associé des souvenirs intimes aux petites villes et aux villages traversés depuis Paris jusqu'à Villeneuve-sur-Allier.

Montargis sous la pluie. Les eaux noires du canal de Briare. Cosne-Cours-sur-Loire où elle s'était arrêtée plus d'une fois pour acheter du vin de Sancerre à son beau-père et à son père. Maltaverne, où la surprise d'un orage l'avait retenue prisonnière d'une auberge sinistre, bien mal nommée Au Paradis. À La Charité-sur-Loire, au hasard d'un départ matinal, s'était offerte à elle la plus belle vue du fleuve qui l'ait jamais frappée. Noyée dans

27

la brume, la Loire lui avait fait penser à cette Tamise fantomatique qu'elle avait pu contempler durant son année de séjour à Londres, avant son premier mariage. À Nevers, elle avait acheté l'essentiel de la vaisselle en faïence bleu et blanc du château. Partout ailleurs, rien ne l'avait marquée.

Girard de Busson avait fait coïncider leur première entrée à Villeneuve-sur-Allier avec la fête de la Saint-Jean. Peu avant qu'ils n'arrivent, il lui avait expliqué que dans presque tous les villages du Bourbonnais, dès l'aube de ce jour de foire, se juchaient sur des estrades de fortune, au cœur du marché, paysannes et paysans aspirant à se placer comme domestiques de maison bourgeoise ou comme employés de ferme. Vêtus le mieux possible, un bouquet de fleurs des champs attaché à la taille, ils vendaient leurs bras au plus offrant pour une période d'un an. Après d'âpres tractations sur le montant de leur salaire, la patronne ou le patron qui les engageait leur donnait une pièce de cinq francs, le « denier de Dieu », contre leur bouquet. Sans leurs fleurs, ils étaient retenus, ils n'étaient plus à louer. À la fin de la matinée, au milieu des maraîchers et des fermiers pliant leurs étals à l'issue de cet étrange commerce de fleurs et de labeurs, la jeunesse se lançait dans un grand bal, un charivari, un tohu-bohu. C'était à cette heure qu'Aglaé et Girard de Busson avaient surgi en voiture sur la place du village.

Tels des dieux tombés du ciel, ils avaient reçu l'offrande d'une grande partie des bouquets qui s'étaient échangés dans la matinée et que quelques villageois s'étaient amusés à jeter en équilibre sur le toit de la berline. Et c'est ainsi que poursuivis un moment par une petite troupe joyeuse, semant derrière eux des fleurs des champs au hasard des secousses du chemin, ils avaient découvert le château de Balaine au bout d'une allée bordée de mûriers.

Aglaé n'avait pas spontanément communié avec Balaine. Elle s'était contentée de tout observer, assez détachée pour récolter des images du château qu'elle associerait plus tard à des impressions bonnes ou mauvaises. Elle avait ainsi vécu à demi le tout début de sa première rencontre avec ce lieu pour mieux la revivre plus tard, seule avec elle-même. Le château présentait des tourelles d'angle de chaque côté d'une cour en forme de U majuscule : largement ouverte aux visiteurs, la cour était pour lors envahie de mauvaises herbes. Les croisées des tourelles étaient encadrées de pierres rouges et blanches dont on ne pouvait plus discerner les couleurs, recouvertes d'un écheveau de mousse et de lierre. Un passage démesuré qui le traversait de part en part enlaidissait sa façade.

Girard de Busson avait égrainé les noms de quelques propriétaires de Balaine depuis le quatorzième siècle. Les premiers, les Pierrepont, bâtisseurs d'un château fortifié, se l'étaient transmis d'une génération à l'autre pendant près de quatre cents ans. Après 1700, année de l'extinction de la lignée Pierrepont, les propriétaires des lieux s'étaient succédé jusqu'à un certain chevalier de Chabre, qui avait entrepris la reconstruction complète du château en 1783, sous la conduite d'Évezard, un architecte de Moulins. Devant l'ampleur des travaux, le chevalier avait tourné casaque et revendu.

Girard de Busson avait en vain essayé d'ouvrir la porte d'entrée du château. Une odeur de plâtre humide et de bois mouillé s'était échappée par un entrebâillement. Ils n'avaient pas réussi à s'introduire dans le vestibule, mais les volets des grandes fenêtres qui donnaient à l'arrière du bâtiment étant partiellement décrochés, ils

de l'abre
décrépit

avaient aperçu des raies de soleil frapper un parquet noirâtre, recouvert d'une grosse couche de poussière moutonnante.

« J'ai loué une ferme non loin d'ici où tu pourras rester pour surveiller les travaux de rénovation, lui avait dit son beau-père en hochant la tête. Nous nous y installerons dès ce soir pour une nuit. Faisons plutôt le tour du bâtiment. »

Quand ils s'étaient retournés, les quelques villageois qui les avaient suivis avaient disparu. Jacques s'affairait autour des chevaux dont il s'amusait à décorer le harnachement des bouquets de fleurs qui n'étaient pas tombés du toit de la voiture. Son beau-père et elle avaient longé par la gauche une pièce d'eau boueuse, sans doute alimentée par un petit ruisseau tout proche. L'arrière du bâtiment était envahi de broussailles et son délabrement, remarquable déjà sur la façade avant, y paraissait bien pire.

C'est là, à cet instant, qu'elle avait enfin senti une joie profonde monter en elle. Grâce à un don de l'esprit hérité de sa mère, elle savait apercevoir au-delà des laideurs apparentes d'un objet, ou d'un lieu, ses potentialités de beauté. Or, si jamais le moindre relief d'une splendeur disparue s'était laissé entrevoir sur la façade arrière du château pour l'encourager à faire renaître à l'identique son lustre d'antan, *yesteryear* Aglaé l'aurait ignoré. Elle voulait être une pionnière, conquérir une beauté nouvelle pour ces lieux plutôt que reconquérir leur magnificence perdue. Elle imaginait sans peine le dernier rejeton des Pierrepont, cent ans plus tôt, harassé de dettes, n'agissant plus, pétrifié comme les pierres de son vieux château à l'idée de commettre le sacrilège d'ajouter à son espace de vie le moindre signe d'une modernité anachronique. Jamais elle ne mettrait ses descendants dans la position de ce dernier des Pierrepont, l'esclave, sans doute, de vestiges de pierre.

Elle léguerait plutôt à ses enfants un endroit dont le cœur vital serait non pas le château mais son parc, la beauté et la rareté de ses plantes, de ses fleurs et de tous les arbres dont elle le sertirait. Quand les châteaux s'écroulent au bout de quatre siècles parce que les hommes qui les ont construits et les descendants de leurs descendants ont disparu, seuls les arbres qu'ils ont plantés tout autour résistent au temps. La nature ne passe jamais de mode, avait-elle pensé en souriant.

Girard de Busson, qui l'épiait, avait surpris son sourire et elle s'en était réjouie. C'était une nouvelle façon de le remercier, peut-être plus probante que les mots de gratitude qu'elle lui avait répétés mais qui ne parvenaient pas à lui décrire la plénitude de sa joie et de sa reconnaissance.

Tout au long de la route, sur le chemin du retour à Paris, elle avait dépeint à Girard de Busson sa vision du parc. Pour lors, il était à l'étroit sur une bande de terre qu'il fallait agrandir en achetant des propriétés qui lui étaient contiguës. Elle y planterait des *Sequoia* d'Amérique, des érables, des *Magnolia grandiflora*. Elle créerait une serre pour cultiver des fleurs exotiques, des hibiscus asiatiques à cinq larges pétales. Son père, Michel Adanson, l'aiderait, par ses relations de botaniste, à faire venir des plants d'arbres du monde entier. Et Girard de Busson avait dit oui à tout, malgré les dépenses.

Le soir même, enthousiasmée par son premier voyage à Balaine, Aglaé s'était donné l'illusion de passionner Jean-Baptiste pour son rêve en s'offrant à lui. Elle aurait tant aimé inventer des expressions grandioses qui lui auraient montré d'un coup le bonheur qui les

31

attendait là-bas pour toujours, des phrases inspirées qui l'auraient conquis comme par magie. Mais ce qu'elle avait enfin trouvé à dire à son mari l'avait révoltée contre elle-même :

« Tu sais d'où vient le nom de Balaine ?... Non, tu ne devines pas ?... Eh bien, c'est parce que les gens du village vont cueillir depuis toujours, dans les environs du château, des joncs pour fabriquer des balais. En voilà un joli nom de château ! lui avait aussitôt répondu Jean-Baptiste. Au moins, c'est du propre... quand on a pour blason deux balais en croix... »

Aglaé avait été moins mortifiée par les moqueries de Jean-Baptiste que par l'élan de confiance naïve qui lui avait fait oublier que son mari n'était pas son ami. Mais, comme si une partie d'elle-même tenait à toute force à communier avec quelqu'un, comme si le bouleversement de sa vie devait nécessairement émouvoir la personne qui partageait son intimité, elle s'était quand même donnée à Jean-Baptiste. Impuissante à se retenir de rechercher sa complicité, elle s'était donc vue, en spectatrice, déployer tous ses charmes, mimant une tendresse dont elle ne se serait jamais crue capable envers lui.

Ainsi, ce fut probablement ce soir-là, au retour de son premier voyage au château de Balaine, qu'elle avait conçu son second fils, Anacharsis, mais aussi, au même moment, le projet de divorcer de Jean-Baptiste Doumet.

VI

Il n'y avait pas de jour, depuis sa première rencontre avec le château de Balaine, où elle n'avait pas rêvé de lui comme d'un amant. Elle avait ouvert un carnet à dessin où elle avait tracé, à grands coups de crayon gras, des esquisses d'allées, des plans détaillés de plates-bandes et des architectures de forêts. Elle avait mis son père dans la confidence de ses projets agrestes et Michel Adanson lui avait écrit qu'il suspendrait désormais ses travaux de recherche pour la recevoir chez lui une demi-journée par semaine. Elle s'était donc rendue rue de la Victoire presque tous les vendredis, « dès l'après-dîner », comme il l'y avait invitée dans son français un peu désuet.

Michel Adanson n'était pas l'homme que ses collègues académiciens avaient décrit après sa mort. Le grand Lamarck, du haut de sa suffisance, avait nourri sa réputation d'atrabilaire, de bourru, de misanthrope. Aglaé s'imaginait que n'étaient pas appréciés dans ce milieu les êtres qui, comme son père, plaçaient l'honnêteté et la justice au-dessus de tout, incapables de transiger sur leurs principes, pas même pour en faire le sacrifice à leurs amis. La politesse, l'urbanité n'étaient pas le fort de Michel Adanson : il aimait ou il n'aimait pas, sans nuances. Il n'avait pas souvent cherché à cacher le dégoût que lui inspirait la présence d'un collègue qu'il

33

n'estimait pas. Mais, avec le temps, et grâce à la lecture de philosophes comme Montaigne, qu'il l'avait engagée à lire à son tour, il avait trouvé la force de ne plus se laisser ronger des semaines entières par le déplaisir profond que lui causait le souvenir de la moindre parole déplacée à son encontre.

Son père avait accueilli dans sa serre trois grenouilles vertes qu'il observait du coin de l'œil tandis qu'il rempotait les plants des arbres exotiques qu'il préparait pour sa fille et le parc de son château de Balaine. Les trois grenouilles étaient presque apprivoisées : elles se laissaient approcher sans crainte par lui qui les avait surnommées ses « grenouilles de civilité ». Aglaé avait compris le sens de cette expression étrange en l'entendant apostropher l'un de ces trois batraciens par un « Monsieur Guettard, tenez-vous bien ! », du nom de celui qui avait été parmi ses pires ennemis durant ses dernières années à l'Académie royale des sciences de Paris. La voyant sourire, il lui avait dit avec un air de malice qu'elle ne lui connaissait pas : « Celle-là n'est pas venimeuse comme ses cousines de la forêt amazonienne en Guyane, mais je peux t'assurer que celui dont elle porte le nom a tout fait pour m'empoisonner la vie. »

Aglaé avait ri de bon cœur à ce mot de son père qui avait ajouté que les noms de Lamarck et de Condorcet, attachés aux deux autres batraciens, lui servaient à se rappeler le rôle que ces deux collègues avaient joué dans le règlement de sa querelle avec Guettard. « Aujourd'hui j'ai du mal à distinguer la différence entre les trois », avait-il conclu, ironique.

À la fin de sa vie, son père semblait revenu de cette chasse à la gloire qui avait immanquablement fui à son approche comme une biche devinant sous le vent la présence de son prédateur. Lors de ses dernières visites rue de la Victoire, il ne lui avait que très rarement parlé de son interminable encyclopédie universelle d'histoire naturelle. Et il était devenu si disponible, si disposé à l'écouter vraiment, qu'Aglaé s'était enfin sentie assez confiante, un vendredi automnal, dans la serre où ils se retrouvaient tous les deux, pour lui faire une confidence.

Elle lui avait raconté l'angoisse qu'elle avait éprouvée, en sa compagnie, alors qu'elle était encore une toute jeune fille, au spectacle astronomique de l'immensité de l'Univers. Peut-être s'en souvenait-il... Il l'avait conduite un soir d'été à un observatoire situé à Saint-Maur, aux portes de Paris. À travers la lunette, son œil l'avait entraînée dans le néant et, comme la lumière des étoiles lui était apparue glaçante, l'idée lui était venue – brutale pour elle qui était croyante sans y penser – que le paradis ne pouvait pas se trouver dans le ciel. La Terre n'étant qu'un point minuscule dans un espace infini, si Dieu avait voulu donner un paradis et un enfer aux hommes, pourquoi aurait-ce été autre part que là où ils se trouvaient déjà ?

« Tu as imaginé les plans de Dieu à la mesure de tes propres inquiétudes, lui avait répondu son père. Peut-être places-tu le paradis dans le visible parce que tu crois impossible d'être heureux hors de chez soi. Quant à moi, je pense que c'est en nous-même que se trouvent le paradis et l'enfer. »

À ses derniers mots murmurés, elle avait cru percevoir dans les yeux de son père comme une hésitation, l'irruption d'une image, un temps d'arrêt de son esprit sur un souvenir lointain. Mais, cette fois, son attention ne lui avait pas paru s'échapper vers son obsession d'encyclopédie. C'était un projet d'une autre nature qu'il semblait avoir conçu à cet instant, animé par l'énergie

35

d'une soudaine résolution. Aglaé avait aimé ce moment qui s'était gravé dans sa mémoire et auquel elle n'avait pas su donner un sens. Tandis qu'il continuait à remuer la terre pour lui préparer ses plants, entouré de ses trois « grenouilles de civilité », et toujours accroupi à la mode des Nègres du Sénégal, il lui avait semblé se scruter lui-même, comme au travers d'un télescope.

VII

renovating château

Écrasée sous le poids des énormes paquets attachés sur sa galerie, la berline de Girard de Busson était entrée très lentement dans la cour. Jacques conduisait ses quatre chevaux au pas. Ils avaient traîné depuis Paris, sur près de trois cents kilomètres, la pléthore de caisses de coquillages, de plantes séchées, d'animaux empaillés, et même de livres, que lui avait léguée son père. Aglaé n'aurait pas cru que Michel Adanson lui destinerait tant d'objets hétéroclites. Elle pensait qu'il aurait fait un tri.

Elle se trouvait sur le pas de la porte avec Pierre-Hubert Descotils, venu lui montrer les plans de rénovation du château. Le jeune homme avait paru aussi surpris qu'elle à la vue d'une si belle voiture transformée en vulgaire carriole de déménagement. À la suite d'Évezard, l'architecte de Moulins qui avait dirigé les premiers travaux de reconstruction du château vingt ans auparavant, elle avait engagé Pierre-Hubert Descotils pour les achever. Grand brun d'un port altier, le front large, la dent belle et l'œil clair, il était âgé d'un peu plus de trente ans. Le timbre de sa voix était remarquable, légèrement grave, sans trop. Il prononçait tous les mots avec précision mais sans affectation, traînant un peu sur eux comme ces bègues masqués, trahis parfois par leurs efforts de naturel. Cette particularité avait intrigué Aglaé tout le temps qu'ils avaient passé ensemble cet après-midi-là.

La tête penchée si près de la sienne, au-dessus des plans du château, qu'il lui suffisait de chuchoter pour qu'elle entende ses explications, elle avait cru percevoir de la timidité dans les infimes inflexions de sa voix. Mais sans doute s'était-elle trompée car à la vue de Jacques juché sur sa voiture encombrée de paquets disparates et saugrenus Pierre-Hubert Descotils avait éclaté d'un rire clair, sonore et puissant qui l'avait gagnée elle aussi. Se ressaisissant, l'architecte avait pris congé d'elle, promettant de revenir une fois que les plans du château seraient corrigés selon ses « directives ». Un fin sourire aux lèvres.

Contrarié par un tel accueil au bout de son harassant voyage, Jacques s'était fâché à sa façon, silencieuse et obstinée, lui battant froid malgré les chaleureuses paroles de bienvenue qu'elle exagérait pour le radoucir. Elle ne saurait jamais toutes les moqueries qu'il avait essuyées à Paris. La rue Mouffetard surtout avait été pour lui un enfer. Une troupe d'enfants déchaînés l'y avait escorté jusqu'à la barrière d'Italie. Ils s'étaient amusés à lui jeter des petits cailloux sous l'œil complice des adultes, leurs parents. Pour les enfants de l'interminable rue Mouffetard, sa berline avait été le char de Carnaval.

S'étant approchée, Aglaé avait compris pourquoi Jacques conservait depuis Paris sa mauvaise humeur. Ce n'était pas seulement le toit de la voiture qui était encombré de hauts ballots, mais également son habitacle, rempli d'un bric-à-brac de plantes en pots, de livres et d'une multitude de petits meubles bas de différentes formes. Le poids de ce chaos d'objets était immense. Aglaé savait que Jacques aimait ses quatre chevaux

comme des amis et devait avoir souffert de les voir
suer à gravir les longues montées précédant La Charité-
sur-Loire et bien d'autres encore sur leur trajet. Elle
l'avait donc prié très solennellement de l'excuser d'avoir
ri à son entrée dans la cour. Mais Jacques ne l'avait
pardonnée que lorsqu'elle avait commandé à Germain,
son jardinier, de l'aider à dételer les chevaux, les sécher
et les nourrir.

Quand elle s'était retrouvée seule, debout au milieu
de la cour, elle avait levé les yeux vers le ciel où fleu-
rissaient des bouquets de nuages bleu turquoise dentelés
de crépuscule. Des ombres de martinets le sillonnaient
et leurs cris suraigus exaltaient son cœur. Une odeur de
terre chaude enveloppait la jeune femme comme dans
un tissu de joie. Aglaé avait senti sa gorge se serrer
d'un bonheur doux, insidieux, profond. Elle pensait en
deviner la cause, s'interdisant toutefois de se l'expliquer
clairement car il était trop tôt. Elle attendrait pour mieux
comprendre, analyser son exaltation. Elle se promettait
de la faire affleurer à sa claire conscience une fois que
tout serait en ordre dans la ferme.

Pierre-Hubert Descotils lui inspirait de la tendresse.
Elle n'osait pas se dire encore que cela pouvait être de
l'amour.

VIII

Adanson threw out nothing

Michel Adanson ne jetait rien. D'un pot de terre cuite ébréché conservé depuis très longtemps il tirait un beau jour des petits tessons réguliers dont il se servait pour drainer le sol au pied d'un jeune plant d'arbre, quand il ne les pilait pas ensuite pour l'enrichir aussi de poussière de minéraux.

Ce n'était pas seulement les outils de jardinage qu'il traitait avec économie, c'était aussi les livres. Il disait souvent que, sur cent livres de botanique, il n'y en avait pas dix qui valaient la peine d'être lus. « Et encore… ajoutait-il. Si l'on excluait toutes les pages dues aux concessions académiques de leurs auteurs, à leur vanité mal dissimulée par de la fausse modestie, il n'en resterait pas plus de cinq utiles. » Pour lui, les encyclopédies et les dictionnaires étaient les livres les plus profitables car leurs auteurs, contraints par la brièveté de leurs articles, n'avaient pas le temps d'y jouer les courtisans. Aglaé se doutait bien que son père prêchait pour sa propre encyclopédie, dont les ébauches titanesques resteraient à tout jamais à l'état de brouillon. Mais les faiblesses de renommée qu'il partageait avec ses collègues ne l'entraînaient pas, selon elle qui avait fini par le diviniser, à se soumettre comme eux à une ambition microscopique. Celle de Michel Adanson avait le mérite d'être grandiose.

Aglaé n'aurait pas cru comprendre si vite, en vidant la berline de dizaines d'objets et de petits meubles dépareillés, combien l'utilité était une affaire très subjective. L'héritière d'une longue vue de marine à la lentille cassée ne savait s'expliquer pourquoi son père avait jugé indispensable de la lui léguer. Elle passait en revue tous les tiroirs de sa mémoire où pouvait se trouver le modèle de son usage. Lui avait-il donné toute une série d'objets hétéroclites uniquement pour qu'elle tente d'en percer les mystères ? Peut-être avait-il trouvé cette façon détournée pour se glisser quelquefois dans son esprit. À quoi pouvaient bien servir ce compas au métal vert-de-gris, ce couteau émoussé, cette lampe à huile rouillée ? Que penser du petit collier de perles en verre blanches et bleues ou du bout de tissu, fragment d'indienne décorée de crabes violets et de poissons jaunes, qu'elle avait dénichés dans le tiroir d'un petit meuble bas ? Elle avait également découvert dans ce même meuble un louis d'or et elle ne comprenait pas comment son père, si économe, avait pu l'abandonner là.

Surprise par son étrange dernière volonté de l'encombrer de choses sans autre valeur apparente que de lui avoir appartenu, Aglaé avait pourtant décidé de ne rien jeter, par peur de regretter un jour de s'être détachée d'une bagatelle dont l'intérêt ne lui aurait été restitué que par le travail involontaire de sa mémoire, par le détour d'un rêve. Et elle s'était félicitée d'avoir pris cette décision quand elle avait exhumé de sous un siège de la voiture une caisse à vin où se trouvaient trois grands bocaux qu'on aurait pu imaginer de confiture, soigneusement protégés par plusieurs couches de papier journal, serrés par de la ficelle.

Elle avait défait les nœuds avec précaution, curieuse de découvrir ce que tant de papier cachait. C'étaient messieurs Guettard, Lamarck et Condorcet, les trois « grenouilles de civilité » de son père. En les retrouvant conservées dans du formol à la teinte jaunâtre, sans qu'aucune notice explicative ne les étiquette, Aglaé avait souri, comprenant que par ces trois messieurs qu'il lui léguait, son père tissait les liens d'une mémoire partagée, rien qu'entre elle et lui. Ce qui les avait rapprochés les dernières années de sa vie, quand elle allait le retrouver dans sa serre, presque tous les vendredis après-midi, était là, au fond de ces bocaux. Cela l'avertissait de ne rien jeter en attendant d'élucider le sens de tous ces objets disparates. C'était comme un jeu dont il lui aurait confié le soin de deviner les règles au fil du temps qui passe.

À l'exemple de son père, Aglaé avait fait construire une serre dans la cour de la ferme où elle logeait pendant les travaux du château. Cette serre ne servait pas seulement à préparer les plantations de l'année suivante pour le parc de Balaine, qui avait déjà une certaine beauté depuis qu'elle avait entrepris de le configurer à sa manière. C'était aussi un endroit où elle entretenait un lien d'outre-tombe avec son père, une correspondance d'espace où germaient leurs préoccupations identiques. Grâce à ce lieu humide et chaud, saturé d'odeurs de terre et de fleurs, Aglaé discutait avec Michel Adanson par-delà sa mort. La serre de Balaine faisait éclore des solidarités muettes, un réservoir infini d'échanges et de pensées parallèles. Au fur et à mesure qu'elle acquerrait les mêmes compétences de jardinier que lui, ils converseraient en silence, échangeraient leurs pratiques de floraisons et de boutures, inspirées par ce qu'il aurait pu lui en dire s'il avait toujours été de ce monde.

IX

grenouilles de civilité

Deux jours après le transfert de tous les legs de son père de la voiture à la serre, elle s'y était rendue de très bon matin. Son toit de verre, recouvert de gouttelettes de rosée, commençait à fumer aux caresses des premiers rayons de soleil. Il y régnait encore une pénombre fraîche. Elle distinguait les silhouettes des choses, mais non les détails de leur matière ou leur couleur. C'était un petit temple d'objets fantômes. Dans leurs trois tombes de verre, alignées sur une étagère, les « grenouilles de civilité » n'étaient que des masses informes, indiscernables, noyées dans l'opacité ambiante.

Sur le haut de la même étagère, l'ombre d'un oiseau de nuit empaillé élevait les ailes. Et, par une illusion d'optique qui durerait jusqu'à ce que la lumière entre à flots dans la serre, Aglaé s'imaginait que cet oiseau allait prendre son envol pour s'abattre sur sa tête.

Ses plantes semblaient avoir disparu, englouties dans un formidable désordre de seaux, de brocs, d'outils en tout genre et de pots de fleur vides.

Elle se promit de ranger tous ces objets appuyés à la hâte contre les parois de la verrière par Jacques et Germain jusqu'à l'avant-veille encore. La lumière ne passait pas aussi bien qu'il l'aurait fallu pour que ses

45

greffes prennent, ses boutures se dénouent et ses fleurs
exotiques survivent au prochain hiver.

Refermant la porte vitrée derrière elle, Aglaé alla
s'accroupir au centre de la serre comme elle l'avait
vu faire à son père, à la mode des Nègres du Sénégal.
Le jour s'étendait peu à peu, effaçant les mystères
qu'elle avait prêtés aux choses. À sa gauche, tout près,
haut d'un demi-mètre, un petit meuble bas en acajou
marqueté, comme une sorte de secrétaire miniature,
présentait ses quatre tiroirs luisant au soleil du matin.
Leurs ouvrois : quatre petites mains en bronze clair dont
l'index seul n'était pas replié. Sur le tableau du dessus :
une épaisse et large pellicule de cire blanche. Aglaé se
souvint que c'était sur ce chevet bas que brûlaient les
dernières bougies éclairant le lit d'agonie de son père.

Tout à coup, par un jeu de reflets d'ombre et de
lumière, elle crut apercevoir, creusé dans le bois de la
façade d'un des tiroirs, juste au-dessous d'un ouvroir,
une sorte de dessin en relief. Elle pencha la tête pour
mieux le voir. Comme désignée du bout de l'index tendu
de l'ouvroir, elle reconnut une fleur. Sans doute gravée
au poinçon dans le bois de palissandre, une fleur d'hibiscus, presque refermée sur elle-même, laissait s'échapper
un long pistil couronné de quelques brins de pollen en
forme de grains de riz.

Elle ouvrit le tiroir à l'hibiscus et elle y trouva le
même collier de perles de verre blanches et bleues,
le bout d'indienne et le louis d'or qu'elle avait déjà
entraperçus les jours précédents. Mais, après avoir tiré
à la suite les trois autres tiroirs, il lui sembla que celui
qui portait la marque de la fleur était moins profond
que les autres. Elle essaya de le retirer de son logement
sans y parvenir et, inspirée par une intuition soudaine,
presque involontairement, elle appuya au point précis de

la façade du tiroir où se trouvait gravé l'hibiscus. Elle crut alors sentir sous son index un petit déclic, comme si, par un jeu subtil de menus ressorts, un mécanisme secret s'était enclenché. En effet, la façade du tiroir s'abaissa d'un seul tenant, découvrant, au tiers de sa hauteur, une petite étagère sur laquelle était visible le dos arrondi d'un grand portefeuille en maroquin rouge foncé. Le double fond du tiroir avait été si hermétiquement fermé que le maroquin n'était pas recouvert de poussière.

Quittant sa position accroupie, elle s'assit à même le sol de la serre. Elle n'osait pas délacer le maroquin rouge, aussi indécise que la fleur d'hibiscus gravée sur la façade du tiroir secret. Se refermait-elle à la nuit tombée, ou s'ouvrait-elle au jour naissant ? Aglaé dénoua avec lenteur le ruban noir qui fermait le portefeuille et, sur la première page d'un cahier de grandes feuilles, elle découvrit une fleur séchée. Aux filaments ténus, orange vif, incrustés dans le filigrane du papier épais, elle jugea que, vivante, la fleur avait dû être rouge écarlate. Une constellation de points jaune safran qui la couronnait révélait un reste de pollen détaché du pistil. Aglaé reconnut sur la feuille suivante, sans presque d'espace pour les marges, l'écriture fine, serrée et régulière de son père.

Ces cahiers lui étaient-ils destinés ? Il semblait à Aglaé qu'elle ne les avait pas découverts par hasard et qu'ils l'attendaient depuis quelques mois dans ce tiroir à double fond. Mais pourquoi son père avait-il pris le risque qu'elle ne les découvre pas ? Pourquoi avait-il opposé tant d'obstacles matériels à leur lecture ? Si jamais elle n'avait pas souhaité recevoir à Balaine tous ces objets légués par lui, si elle n'avait pas interrogé chacun d'eux du regard pour percer leurs mystères, le portefeuille de maroquin rouge aurait été perdu pour elle. Découvrir ces feuilles manuscrites, c'était peut-être découvrir un Michel Adanson caché, intime, qu'elle n'aurait jamais connu autrement.

Aglaé hésitait. Elle n'était pas certaine de vouloir savoir. Les premiers mots qu'elle lut la désarmèrent.

Pour Aglaé, ma fille bien-aimée,
le 8 juillet 1806

Je me suis effondré sur moi-même comme un arbre rongé de l'intérieur par des termites. Il ne s'agit pas seulement de l'effondrement physique auquel tu as assisté ces derniers mois de ma vie. Bien avant que ne se rompe spontanément mon fémur, autre chose s'était brisé en moi. Je sais à quel moment précis : tu en découvriras les circonstances si tu acceptes la lecture de mes cahiers. Quand tous les paravents que j'avais dressés autour de mes souvenirs les plus douloureux sont tombés, j'ai compris que je devais te raconter ce qui m'est vraiment arrivé au Sénégal. Je n'avais que vingt-trois ans lorsque j'y suis allé. Mon histoire n'est pas celle que tu as pu lire dans la publication de mon récit de voyage : il s'agit plutôt de te narrer ma jeunesse, mes premiers regrets et mes derniers espoirs. J'aurais aimé que mon père me raconte sa vie, sans vergogne et sans pudeur, comme je le fais pour toi.

Je te dois la vérité pour espérer que tu exauces mes dernières véritables volontés. Je ne suis pas certain d'avoir mesuré toutes leurs conséquences pratiques. À toi, ma chère Aglaé, de leur donner corps, de les réinventer sur le moment quand tu feras face à la personne que je te demande d'aller rencontrer pour moi. Tout dépendra sans doute de ta lecture de mes cahiers…

Je t'épargne le fardeau de la publication de mon *Orbe universel*. Tu te perdrais sans retour dans mes brouillons. Le fil d'Ariane que j'avais cru trouver pour arpenter la nature sans me perdre n'existe pas. J'ai laissé le soin de publier des extraits de ma méthode à ta mère, persuadé que ce projet échouera. Jeanne n'en souffrira pas, elle sait comme moi que l'édition de mes livres a toujours été une cause perdue. Je suis une branche coupée de la botanique. C'est Linné qui a gagné la partie. Lui passera à la postérité, moi non. Je n'en éprouve aucune amertume. J'ai fini par comprendre, et je sens que tu l'as deviné en me fréquentant ces derniers temps, que ma soif de reconnaissance, mes ambitions académiques, mon projet encyclopédique n'étaient que des leurres. Des leurres créés par mon esprit pour me préserver d'une terrible souffrance née lors de mon voyage au Sénégal. Je l'ai enterrée dès mon retour en France, bien avant ta naissance, mais elle n'était pas morte, loin s'en faut.

Il ne s'agit pas de te lester d'une partie de mon sentiment de culpabilité mais de te laisser connaître l'homme que je suis. Quel autre héritage utile à leur vie peuvent attendre les enfants de leurs parents ? C'est du moins le seul qui me paraît avoir de la valeur. Au moment où j'écris ces lignes, je t'avoue ma crainte de me mettre à nu devant toi. Non pas que j'aie peur que tu te moques de moi comme l'a fait Cham de son père Noé lorsqu'il l'a surpris endormi au sol, étalant aux yeux de ses enfants sa nudité, après une nuit de beuverie. Je redoute seulement que, fille de ton temps, prisonnière des aléas de la vie, aussi insensible aux autres que j'ai pu l'être une partie de mon existence, tu ne retrouves jamais mes cahiers secrets. Je crains ton indifférence.

Pour lire ces feuillets, il aura fallu que tu aies accepté de garder mes pauvres meubles en héritage pour la seule raison qu'ils m'ont appartenu. Si tu me lis, c'est que tu auras recherché ma vie cachée et que tu l'auras trouvée, parce que tu tenais un peu à moi. S'aimer, c'est aussi partager le souvenir d'une histoire commune. Je n'ai que trop peu cherché à trouver les moments de la faire éclore alors que tu étais enfant puis jeune fille. Je te l'offre maintenant que tu es devenue une femme et que la mort m'aura dérobé à ton regard et à ton jugement. J'étais trop occupé à me fuir moi-même pour te consacrer du temps et désormais je le regrette. Mais peut-être que la rareté de nos souvenirs communs en fait le prix… Piètre consolation.

Si tu me lis, c'est que je ne me suis pas trompé en pensant que tu attachais de l'importance à nos promenades régulières au Jardin du Roi quand tu étais encore une petite fille. Je me suis rappelé ton premier émerveillement devant cette faculté qu'a la fleur d'hibiscus, quelle que soit sa variété, et Dieu sait qu'elles sont nombreuses, de se fermer et de s'ouvrir en accord avec l'alternance du jour et de la nuit. Peut-être te rappelles-tu que tu m'as demandé si c'était la façon de cette fleur de fermer les yeux, comme nous, la nuit. « Non, t'ai-je répondu pour entretenir ta poésie du monde, elle n'a pas de paupières, elle s'endort les yeux ouverts. » Te souviens-tu que tu as surnommé les hibiscus, depuis ce jour et pendant un certain temps, « les fleurs sans paupières » ?

Tu ne t'étonneras donc pas que j'aie choisi l'hibiscus comme notre signe de reconnaissance. Je l'ai gravé sur la façade de mon petit meuble de chevet pour t'indiquer où se situait le mécanisme d'ouverture de ce tiroir à double fond où t'attendront mes cahiers. L'hibiscus est la clef de mon secret et, si tu l'as trouvée, c'est que j'ai su te faire aimer les quelques heures que nous avons passées ensemble à contempler cette merveille de la nature.

J'espère de toute mon âme que tu liras un jour ces lignes qui ouvrent le récit de mon voyage sans nom. Je te laisse le soin de lui trouver un titre. Lis-le avec indulgence. Je souhaite que tu y trouves matière à t'alléger du poids inutile communément attaché à leur vie par la plupart des hommes et des femmes, comme si elle n'était pas déjà assez pesante : celui des préjugés.

Michel Adanson

Aglaé leva les yeux du maroquin rouge. La serre était désormais baignée de pleine lumière : les trois « grenouilles de civilité » de son père étaient affreusement visibles dans leurs bocaux de formol alignés sur l'étagère en face d'elle. Elle avait chaud et ses jambes étaient ankylosées. Il était certainement près de neuf heures et elle avait fort à faire avant que Pierre-Hubert Descotils, le jeune architecte, ne vienne l'après-midi même lui soumettre les plans révisés du château. Il lui avait annoncé sa venue par un billet.

Elle ne souhaitait pas non plus que Violette, la cuisinière, et Germain, le jardinier, qu'elle avait engagés à son service à la précédente fête de la Saint-Jean, la surprennent ainsi abandonnée dans la serre, assise par terre, le menton tremblotant comme celui d'une petite fille au bord des larmes.

XI

La nuit tombée, elle avait fait installer par Germain près de son lit le petit meuble à l'hibiscus où elle avait posé une lampe à huile avec un abat-jour en verre gravé. Une fois couchée, le dos soutenu par deux coussins brodés aux initiales de sa mère, les jambes recouvertes d'un lourd édredon en satin jaune doré, Aglaé se mit à lire les cahiers de Michel Adanson. La lumière vacillante d'une petite flamme lui rappelait, par le reflet jaune pâle de ses gambades sur les feuillets qu'elle tournait lentement, celle qui avait baigné les derniers moments de son père.

*

J'ai quitté Paris pour l'île de Saint-Louis du Sénégal à l'âge de vingt-trois ans. Comme d'autres en poésie ou d'autres encore dans les finances ou la politique, je voulais me faire un nom dans la science botanique. Mais, pour une raison que je ne soupçonnais pas malgré son évidence, il ne s'est pas passé ce que j'avais prévu. J'ai fait ce voyage au Sénégal pour découvrir des plantes et j'y ai rencontré des hommes.

Nous sommes les fruits de notre éducation et, comme tous ceux qui m'avaient décrit l'ordre du monde, j'ai cru de bonne foi que ce qu'ils m'avaient expliqué de la

53

realizes the falsity re
inferiority of the blacks

sauvagerie des Nègres était vrai. Pourquoi aurais-je mis en doute la parole de maîtres que je respectais, héritiers eux-mêmes de maîtres qui leur avaient assuré que les Nègres étaient incultes et cruels ?

La religion catholique, dont j'ai failli devenir un serviteur, enseigne que les Nègres sont naturellement esclaves. Toutefois, si les Nègres sont esclaves, je sais parfaitement qu'ils ne le sont pas par décret divin, mais bien parce qu'il convient de le penser pour continuer de les vendre sans remords.

Je suis donc parti au Sénégal à la recherche des plantes, des fleurs, des coquillages et des arbres qu'aucun autre savant européen n'avait décrits jusqu'alors, et j'y ai rencontré des souffrances. Les habitants du Sénégal ne nous sont pas moins inconnus que la nature qui les environne. Pourtant nous croyons les connaître assez pour prétendre qu'ils nous sont naturellement inférieurs. Est-ce parce qu'ils nous ont paru pauvres la première fois que nous les avons rencontrés, il y a bientôt trois siècles de cela ? Est-ce parce qu'ils n'ont pas éprouvé la nécessité comme nous de construire des palais de pierre résistant au flot des générations qui passent ? Pouvons-nous les juger inférieurs parce qu'ils n'ont pas construit des bateaux transatlantiques ? Il se peut que ces raisons expliquent que nous ne les estimions pas nos égaux, mais chacune d'entre elles est fausse.

Nous ramenons toujours l'inconnu au connu. S'ils n'ont pas bâti des palais en pierre, c'est peut-être parce qu'ils ne les pensaient pas utiles. Avons-nous cherché à savoir s'ils ne disposaient pas d'autres moyens que les nôtres d'attester de la magnificence de leurs anciens rois ? Les palais, les châteaux, les cathédrales dont nous nous glorifions en Europe sont le tribut payé aux riches par des centaines de générations de pauvres gens dont personne ne s'est soucié de conserver les masures.

Les monuments historiques des Nègres du Sénégal se trouvent dans leurs récits, leurs bons mots, leurs contes, transmis d'une génération à l'autre par leurs historiens-chanteurs, les griots. Les paroles des griots, qui peuvent être aussi ciselées que les plus belles pierres de nos palais, sont leurs monuments d'éternité monarchique.

Que les Nègres n'aient pas construit de bateaux pour venir nous réduire en esclavage et s'approprier nos terres d'Europe ne me paraît pas non plus être une preuve de leur infériorité, mais de leur sagesse. Comment se vanter d'avoir conçu ces bateaux qui les transportent par millions aux Amériques au nom de notre goût insatiable pour le sucre ? Les Nègres ne prennent pas la cupidité pour une vertu, comme nous le faisons sans même y penser, tant nous trouvons nos agissements naturels. Ils ne pensent pas non plus, comme nous y a engagés Descartes, que nous devrions nous rendre comme maîtres et possesseurs de toute la nature.

J'ai pris conscience de nos différentes visions du monde, sans pour autant y trouver matière à les mépriser. S'il avait voulu se donner la peine de connaître véritablement les Africains, plus d'un voyageur européen en Afrique aurait dû faire comme moi. J'ai tout simplement appris une de leurs langues. Et dès que j'ai su assez le wolof pour le comprendre sans hésitation, j'ai eu le sentiment de découvrir peu à peu un paysage magnifique qui, grossièrement reproduit par le mauvais peintre d'un décor de théâtre, aurait été habilement substitué à l'original.

La langue wolof, parlée par les Nègres du Sénégal, vaut bien la nôtre. Ils y entassent tous les trésors de leur humanité : leur croyance dans l'hospitalité, la fraternité,

Learns wolof - their language

leurs poésies, leur histoire, leur connaissance des plantes, leurs proverbes et leur philosophie du monde. Leur langue est la clef qui m'a permis de comprendre que les Nègres ont cultivé d'autres richesses que celles que nous poursuivons juchés *perchés* sur nos bateaux. Ces richesses sont immatérielles. Mais en écrivant cela, je ne veux pas dire que les Nègres du Sénégal sont autrement faits que l'ensemble de l'humanité. Ils ne sont pas moins hommes que nous. Comme tous les êtres humains, leurs cœurs et leurs esprits peuvent être assoiffés de gloire et de richesse. Chez eux aussi existent des êtres cupides prêts à s'enrichir au détriment des autres, à piller, à massacrer pour de l'or. Je pense à leurs rois qui, comme les nôtres, jusqu'à notre empereur Napoléon Premier, n'hésitent pas à favoriser l'esclavage pour gagner en pouvoir ou s'y maintenir.

Mon premier maître-langue s'appelait Madièye. C'était un homme d'une quarantaine d'années qui avait été l'interprète de plusieurs directeurs généraux de la Concession du Sénégal. Madièye, qui parlait assez bien le français courant, ne savait pas me traduire les termes de botanique dont seuls quelques initiés, autant des hommes que des femmes, connaissent les propriétés médicinales. Je l'ai donc très vite congédié, me fiant plutôt à Ndiak, âgé de douze ans la première fois que je le rencontrai, et auquel j'enseignai des notions de botanique pour qu'il m'aide efficacement lorsque j'interrogerais en wolof les personnes savantes dans cette science.

Estoupan de la Brüe, le directeur de la Concession du Sénégal, m'avait fait avoir Ndiak du roi du Waalo, avec lequel il traitait. Ndiak était mon passeport au Sénégal. En sa compagnie et celle aussi de quelques hommes armés fournis par le même roi, rien ne pouvait m'arriver de fâcheux. Ndiak m'avait appris qu'il était prince mais qu'il ne deviendrait jamais roi du Waalo. C'était parce qu'il n'était rien dans l'ordre de succession du royaume du Waalo que son père avait accepté que Ndiak quitte sa cour, située à Nder, pour me rejoindre à la demande de M. de la Brüe. Seuls les neveux du roi du côté maternel peuvent devenir rois au Sénégal. C'est ce que m'expliqua Ndiak, lors de notre première rencontre, à sa façon toute particulière :

– Quand un enfant naît d'une reine, on ne peut avoir qu'une seule certitude : c'est qu'au moins une moitié de sang royal coule dans ses veines. On reconnaît toujours les taches de sa mère sur un bébé panthère, rarement celles de son père.

Comme chaque fois qu'il plaisantait, Ndiak se gardait bien d'esquisser un sourire, mais posait sur son visage un masque d'impassibilité qu'il arrivait à conserver malgré sa forte envie de pouffer. Seules le trahissaient ses paupières, qui clignaient ensemble lorsqu'il s'avisait d'exprimer une pensée bouffonne, et peut-être aussi un peu les commissures de ses lèvres, qui se crispaient légèrement. Ndiak était un grand inventeur de proverbes spontanés et tous ceux qui le côtoyaient ne pouvaient manquer de l'aimer.

Ndiak me répétait qu'il ressemblait plutôt à sa mère. Elle était la plus noble et la plus belle femme du royaume du Waalo, voire du monde entier, et, comme il avait hérité de sa beauté, il était tout naturellement le plus beau jeune homme que j'aie vu de ma vie. En effet, ses traits étaient d'une régularité et d'une symétrie stupéfiantes, comme si la nature avait calculé les proportions de son visage en se servant du même nombre d'or que le sculpteur de l'Apollon du Belvédère. Je me contentais de hocher la tête en souriant quand Ndiak

brag / swagger

fanfaronnait, ce qui l'encourageait à dire, sans rire, à qui voulait l'entendre : « Tu vois, même ce *toubab* d'Adanson qui a vu plus de pays que nous tous réunis en comptant les cinq générations de tes ascendants, toi qui me regardes avec tes yeux ronds de Nègre, même Adanson reconnaît que je suis le plus beau des beaux. »

Je tolérais sa morgue parce que j'avais compris qu'il en jouait pour surmonter les réticences à me parler d'un grand nombre de personnes très savantes en botanique. On se méfiait de tous les Blancs, et de moi en particulier, qui posais des questions sur des sujets inhabituels. Ndiak était un facilitateur de confidences doté d'une mémoire prodigieuse. Et grâce à lui j'ai pu apprendre un grand nombre de coutumes que les commis de la Concession du Sénégal, y compris son directeur Estoupan de la Brüe, auraient certainement gagné à savoir s'ils avaient voulu pousser plus loin les profits de leur commerce avec les différents royaumes du Sénégal.

XII

La revenante

J'ai entendu parler pour la première fois de la « revenante » un peu plus de deux ans après mon arrivée au
Sénégal.

C'était une nuit, alors que je me trouvais au village
de Sor, situé à près d'une heure de marche de l'île de
Saint-Louis. Ndiak et moi avions quitté le fort au lever
du soleil dans l'intention d'herboriser avant de rejoindre
ce village dont l'accès depuis le fleuve était extrêmement difficile. Masqué par des épineux, barré par des
broussailles, à peine visible, le chemin menant à Sor
me semblait indigne de sa proximité avec l'île de Saint-
Louis, où vivaient autour du fort du directeur général de
la Concession, à l'époque de mon voyage au Sénégal,
un peu plus de trois mille habitants, Nègres, Blancs et
métis. Le manque de soin apporté à l'entretien d'un
chemin qui aurait dû décupler les échanges et les profits commerciaux entre l'île de Saint-Louis et le village
de Sor, peuplé quant à lui d'environ trois cents âmes,
m'apparaissait comme une preuve de la négligence des
Nègres. Mais le soir même je fus détrompé.

Baba Seck, le chef du village de Sor, auquel j'avais
fait à plusieurs reprises la remarque du manque de
commodité du chemin conduisant chez lui, s'était toujours contenté de me répondre en souriant que, s'il

59

plaisait à Dieu, le jour où Sor serait plus accessible arriverait bientôt. Bien que sa réponse ne me convienne pas,
je n'insistais pas, car j'éprouvais de l'amitié pour Baba
Seck, qui m'avait démontré plusieurs fois sa sagesse et
son ouverture d'esprit. C'était un homme d'une cinquantaine d'années, de grande taille, de forte corpulence, l'air
affable, et dont l'autorité naturelle sur les villageois, ses
administrés, était accrue par son éloquence. *enhanced*

C'était sa parole qui m'avait sauvé, lors d'une de mes
premières visites au village, quand je m'étais permis de
tuer, en pleine assemblée, un serpent sacré, une vipère,
qui s'approchait dangereusement de ma cuisse droite
tandis que j'étais assis en tailleur sur une natte de jonc
tressé. En une phrase, Baba Seck avait arrêté le bâton
que Galaye Seck, son fils aîné, allait abattre sur ma tête.
En une autre, il avait fait taire les cris de l'assistance tout
en ramassant le cadavre du serpent, qu'il avait preste-
ment mis dans une des grandes poches de son habit. Je
me contentais donc de sa réponse évasive, jusqu'au soir
où j'ai compris que l'histoire de la « revenante » qu'il
nous racontait était une réponse à ma critique.

Dans presque tous les villages du Sénégal que j'ai
visités sont dressées de grandes estrades carrées, éle-
vées à près de trois pieds au-dessus du sol et soutenues
aux quatre coins par de solides grosses branches d'aca-
cia. Accueillant tout au plus une dizaine de personnes,
assises ou allongées, ces estrades, au plancher constitué
de branches en croisillon tapissées de plusieurs épaisseurs de natte en jonc tressé, sont des refuges à l'air
libre. Non pas contre les moustiques, qui y pullulent,
mais pour fuir la chaleur torride régnant à l'intérieur des
cases pendant les nuits les plus chaudes de l'année, des
mois de juin à octobre. C'est là, sous la voûte étoilée,
dont les Nègres ne connaissent pas moins que nous

60

toutes les constellations, qu'ils prennent l'air, insensibles aux piqûres des moustiques, devisant une partie de la nuit avant de se laisser gagner par le sommeil. Prenant tour à tour la parole pour dire des petits contes et de courtes plaisanteries, ou encore rivaliser d'adresse dans de longues joutes verbales, les villageois peuvent aussi se lancer dans des récits plus graves. Et c'est l'un de ces récits qui suspendent le rire, celui de la « revenante », que Baba Seck, les yeux levés vers les étoiles, me destina alors qu'il semblait adressé à toute l'assemblée :

– Aux dernières nouvelles, ma nièce, Maram Seck, a su revenir d'une terre impossible. Et si cet endroit n'est pas la mort, il est sans doute contigu à l'enfer. Elle a été enlevée il y a trois ans sur le chemin que tu empruntes pour Sor, Michel, quand tu viens de l'île de Saint-Louis. Il n'était pas alors nécessaire de s'aider d'un coupe-coupe pour en forcer le passage. Nul besoin de ramper sous des taillis, nulle épine pour vous écorcher. Après que Maram a été enlevée, on ignore par qui, nous avons laissé ce chemin se refermer derrière elle. Nous l'avons abandonné à la brousse qui nous protège des voleurs d'enfants et des faiseurs d'esclaves.

Maram était comme toi, Michel, elle aimait la solitude. Depuis toute petite, elle s'entretenait avec les plantes et les animaux. Elle connaissait les secrets de la brousse et nous n'avons pas compris comment, elle qui nous entendait venir de loin, qui savait lire les signes, elle a pu se laisser surprendre. Moi, Baba Seck, chef du village de Sor, le grand frère de sa mère, sa seule famille depuis que ses parents ont disparu, j'ai couru la chercher à Saint-Louis. J'ai interrogé les laptots, qui vont pêcher sur le fleuve dès l'aube, les lavandières, et même les enfants de Saint-Louis qui jouent tous les jours au bord

61

de l'eau. J'ai visité la prison du fort, j'ai questionné les gardiens du fort. Aucun d'eux n'avait vu Maram.

J'étais prêt à la racheter, quitte à me vendre moi-même à ceux qui l'auraient capturée, mais ses ravisseurs avaient disparu sans que l'on sache qui ils étaient ni d'où ils venaient. Sans doute se sont-ils enfuis vers le sud sans passer par aucun des villages qui nous sont proches car, malgré les messagers que nous avons envoyés dans cette direction, aucune trace de Maram. C'est ainsi que trois mois après sa disparition, après avoir battu la brousse en tous sens autour du village pour nous assurer qu'elle n'avait pas été enlevée par un djinn amoureux d'elle qui aurait pris l'apparence d'une bête sauvage, nous avons organisé ses funérailles. Moi, Baba Seck, qui aurais dû la marier à un jeune homme bien vivant quand serait venue l'heure, j'ai décidé, puisqu'elle était partie sans avoir pu prendre congé de nous, qu'elle épouserait la mort. Nous l'avons pleurée, puis nous avons chanté et dansé deux jours de suite, selon notre coutume, pour qu'elle retrouve la sérénité après la violence subie et qu'elle nous laisse en paix, où qu'elle se trouve, chez les vivants ou chez les morts.

Dieu m'est témoin qu'il n'y a pas eu de jour depuis lors où je n'ai pas pensé à ma nièce Maram Seck. Voilà pourquoi nous avons décidé de refermer derrière elle le chemin vers Saint-Louis, que nous avons abandonné à la brousse. C'est un tribut d'inaction que nous lui payons pour qu'elle nous défende des voleurs d'enfants et des faiseurs d'esclaves.

Baba Seck s'était tu et, comme tous ceux qui avaient connu Maram Seck et qui pensaient à elle, j'ai médité sur ce que je venais d'entendre. Par qui pouvait-elle avoir été enlevée ? Des cavaliers maures venus de la rive droite du fleuve auraient été aperçus alors, de même que ces guerriers pillards appointés par les rois nègres pour razzier leurs propres villages et vendre aux Européens des esclaves de rapt. Baba Seck s'était-il adressé aux bonnes personnes sur l'île de Saint-Louis ? Lui avait-on menti ?

Nous levions les yeux vers les étoiles, à l'unisson de Baba Seck qui n'avait cessé de regarder le ciel tout au long de son récit, comme si dans les constellations pouvaient se lire les destins des femmes et des hommes de notre Terre, et se trouver des réponses à leurs questions minuscules au regard de l'immensité de l'Univers.

J'ai alors pensé, en contemplant ce ciel d'Afrique, que nous n'étions rien, ou si peu de chose, dans l'Univers. Il faut que nous soyons un peu désespérés par sa profondeur insondable pour nous imaginer que la moindre de nos petites actions, bonne ou mauvaise, est soupesée par un Dieu vengeur. Cette pensée m'a traversé l'esprit à peu près sous la même forme que celle que tu m'as décrite, ma chère Aglaé, lors d'une de tes récentes visites chez moi, rue de la Victoire. Sous les étoiles du village de Sor, à l'écoute de l'histoire de la disparition mystérieuse de Maram racontée par son oncle Baba Seck, j'ai eu l'intuition soudaine que je n'aurais jamais assez de toute ma vie pour comprendre le millionième des mystères de notre Terre. Mais, loin de m'affliger, l'idée que je n'étais pas plus considérable qu'un grain de sable dans le désert ou qu'une goutte d'eau dans l'océan m'exalta. Mon esprit avait le pouvoir de situer ma place, si infime soit-elle, dans ces immensités. La conscience de mes limites m'ouvrait l'infini. J'étais une poussière pensante capable d'intuitions sans bornes, aux dimensions de l'Univers.

63

Après quelques instants de méditation, Baba Seck reprit le cours de son récit, qui n'était inconnu qu'à Ndiak et moi mais que ceux qui pourtant le connaissaient écoutaient attentivement :

— Pendant trois ans nous n'avons plus pensé à Maram. Nous lui avions rendu les derniers devoirs avec une douleur à la mesure de notre ignorance de son destin. Mais un beau matin, il y a à peine un mois, un homme a surgi de la brousse comme toi, assez persévérant pour tracer son propre chemin jusqu'à nous, indifférent aux épines, aux ronces et aux broussailles qui nous protègent. Cet homme, qui est d'une ethnie sérère, se nomme Senghane Faye et s'est dit le messager de Maram réfugiée à Ben, un village du Cap-Verd situé non loin de l'île de Gorée. Elle était revenue vivante d'au-delà des mers, de ce pays dont pourtant les esclaves ne reviennent jamais. Maram voulait savoir si ses funérailles avaient été faites. Si c'était le cas, elle ne reviendrait plus jamais à Sor et priait quiconque de ne surtout pas chercher à la revoir, sinon un grand malheur s'abattrait sur notre village.

Nous avons eu beau interroger Senghane Faye, l'envoyé de Maram, il n'a rien dit de plus sur elle, ni sur les raisons pour lesquelles elle l'avait choisi comme messager. Nous avons eu beau le supplier de nous raconter en détail le sort actuel de notre fille, Senghane Faye est resté muet. Certains, dont mon fils aîné, et je les comprends, se sont étonnés de son attitude, au point de douter de la véracité de son histoire. Pourquoi n'en disait-il pas plus ? N'était-il pas un imposteur qui, ayant appris par hasard l'histoire de la disparition de Maram Seck, avait voulu en tirer un bénéfice ? Mais quel bénéfice pouvait-il retirer d'un tel message ? Raconter à ses proches qu'une personne est vivante alors qu'elle ne l'est plus, n'est-ce pas un acte de cruauté sans nom ?

J'avais pris la résolution de le conduire sous bonne escorte devant le *kady* de Ndiébène, le représentant du roi, pour qu'il juge de cette affaire, mais le lendemain matin de son arrivée Senghane Faye, si c'est son véritable nom, avait disparu, un peu comme Maram, sans laisser de traces. Depuis sa disparition, nous ne savons que penser de cet homme et de ses propos sur Maram. Mais il y a une chose dont nous sommes certains, c'est que ses paroles ont ressuscité dans nos pensées et dans nos cœurs l'espoir que Maram soit réellement vivante.

XIII

— ... Revenir chez nous, au Sénégal, de l'esclavage des Blancs d'Amérique ? C'est aussi impossible que repousse à un circoncis son prépuce !

Ndiak, quinze ans désormais, n'avait pas manqué de plaisanter à propos de l'histoire de la revenante sur le chemin de notre retour à l'île de Saint-Louis. Tout avait été inventé par Baba Seck. Les villageois devaient bien se moquer de moi, Michel Adanson, le *toubab* qui avait avalé toutes ces élucubrations. J'allais devenir légendaire.

— Ah ! Il est très fort, ce Baba Seck ! Il pourrait te jurer qu'un morceau de Lune est tombé près de son village et tu le goberais. Mais c'est vrai qu'il parle bien.

J'avais deviné que Ndiak était aussi curieux que moi de connaître le destin de la revenante quand je lui annonçai mon désir de partir à sa recherche au Cap-Verd. Je connaissais la dureté de l'esclavage des Nègres aux Antilles et aux Amériques et je me demandais comment l'histoire de Maram pouvait être possible. S'il était courant de voir des colons des Antilles revenir temporairement en métropole accompagnés de certains de leurs esclaves nègres pour les faire former aux métiers de tonnelier, de charpentier ou de maréchal-ferrant, on n'avait jamais vu reparaître ces derniers en Afrique, encore moins dans leur village natal.

Je savais, malgré les neuf années qui nous séparaient, que nous partagions, Ndiak et moi, l'exaltation de la jeunesse pour l'aventure. D'un côté, Ndiak exagérait son incrédulité pour me pousser à exécuter mon projet d'aller vérifier l'existence de la revenante au village de Ben, malgré les difficultés qu'il présentait. De l'autre, Ndiak, qui aimait avoir toujours raison, comme les jeunes gens de son âge, se préparait une porte de sortie pour le cas où nous découvririons sur place que l'histoire de la revenante était un roman. Mais notre désir plus ou moins avoué de vérifier l'existence de la revenante était contrarié par de grandes difficultés. La principale était que je rentrais à peine d'un voyage au Cap-Verd et qu'il était admis que je ne retournerais pas dans cette région du Sénégal avant de repartir pour la France. Le directeur général de la Concession, Estoupan de la Brüe, qui n'avait aucune considération pour mes recherches de botaniste, n'accepterait jamais d'engager des ressources et des hommes pour m'accompagner dans un voyage sans but estimable à ses yeux.

Lui et son frère, M. de Saint-Jean, le gouverneur de Gorée, l'île des esclaves, ne m'aimaient pas. Je leur avais fait comprendre qu'il était hors de question pour moi d'effectuer un travail de commis pour la Concession. Ils avaient espéré que je m'y détermine, en compensation des frais qu'ils avaient engagés pour mes recherches, quand un de leurs commis, parmi les plus efficaces, était mort d'une mauvaise fièvre lors d'une mission à l'intérieur du Sénégal. Mais je n'entendais pas sillonner tous les comptoirs du fleuve pour traiter de l'ivoire, de la gomme arabique ou des esclaves contre des fusils et de la poudre. J'étais botaniste, aspirant académicien, pas commis.

Comment donc leur expliquer que je voulais partir à la recherche d'une Négresse, soi-disant revenue des Amériques après trois ans d'esclavage, sur la foi du récit d'un chef de village nègre ? Les deux frères, également intéressés à mon retour en France, me riraient au nez. Ils s'empresseraient de rapporter à mes protecteurs que je portais préjudice à la Concession du Sénégal, dont je serais accusé de chercher à ruiner le principal commerce : celui des esclaves. Si l'histoire de la revenante était vraie, et que je l'ébruitais, M. de la Brüe et M. de Saint-Jean prétendraient que je troublais les affaires de la Compagnie du Roi, qui gagnait bon an mal an, à cette époque, trois à quatre millions de livres grâce à l'esclavage.

Connaissant ma mésentente avec ces deux messieurs de la Concession, et me supposant dans l'impasse, Ndiak, qui me cachait très mal sa grande envie de découvrir la vérité sur l'histoire de la revenante, me suggéra un plan d'action presque sans avoir l'air d'y toucher. Je me rappelle très bien, encore aujourd'hui, son discours. Il se retenait de rire de sa propre impertinence.

– Adanson, en principe ce ne sont pas les enfants qui donnent des conseils aux adultes, mais là je ne peux pas m'empêcher de t'en donner un. Si jamais te prenait l'envie folle d'aller vérifier sur place l'histoire de la revenante, raconte par exemple à M. de la Brüe que tu as entendu parler d'une nouvelle espèce d'indigo de très grande qualité poussant au Cap-Verd. Dis-lui qu'il serait très avantageux pour la Concession que tu te déplaces en personne pour l'étudier et en recueillir quelques spécimens. Pourquoi ne pas prétendre devoir observer sur place les procédés de teinture en usage chez les Nègres de cette région du Sénégal ? Adanson, ce stratagème est très simple et je m'étonne qu'avec toute ta science tu ne l'aies pas imaginé tout seul !

J'étais accoutumé aux tentatives de Ndiak pour me mettre en colère. Il y était parvenu une fois et m'avait aussitôt avoué, la mine réjouie, qu'il avait pris un très grand plaisir à me voir les yeux en feu et surtout les joues et les oreilles rouge écarlate. Il m'avait ensuite surnommé *Khonk Nop*, Oreille rouge, pendant quelque temps. Je me suis donc astreint à ne répondre à ses moqueries que par des sourires pour ne pas lui offrir à nouveau la joie goguenarde de me faire changer de couleur. Mais, quoique son impertinence m'ait indisposé contre lui, je ne l'ai pas été contre son stratagème, que j'ai admis trouver recevable, à sa grande satisfaction.

Lors de l'entrevue que j'eus, quelques jours plus tard, avec Estoupan de la Brüe dans son bureau du fort de Saint-Louis, j'ajoutai pour le convaincre de me laisser repartir au Cap-Verd un nouvel argument à ceux que m'avait soufflés Ndiak, que je me réjouissais d'avance d'annoncer à mon jeune compagnon pour le faire enrager à mon tour. C'était que nous irions de Saint-Louis jusqu'au village de Ben, au Cap-Verd, à pied et non pas en bateau.

Pour sa part, M. de la Brüe me suggéra qu'il serait très utile à la Concession du Sénégal de recueillir des données récentes sur le village de Meckhé où venait s'établir parfois le roi du Kayor avec sa suite lorsqu'il souhaitait traiter personnellement des esclaves non loin de la côte atlantique. Ce gros village fortifié, un peu à l'intérieur des terres, était quasiment à mi-chemin entre Saint-Louis et la presqu'île du Cap-Verd et il serait bon que je m'y arrête. J'acceptai et M. de la Brüe m'annonça à la fin de notre entrevue qu'il m'accordait sur-le-champ une escorte de six hommes armés et de deux porteurs jusqu'au Cap-Verd.

– Si vous avez besoin de quoi que ce soit de plus quand vous vous retrouverez là-bas, allez voir de ma part mon frère, M. de Saint-Jean, sur son île de Gorée.

M. de la Brüe était un homme pragmatique qui pouvait devenir quelque chose dans la Compagnie des Indes, dont dépendait la Concession du Sénégal, s'il convainquait ses principaux actionnaires de sa capacité à leur rapporter de fortes sommes d'argent par une recrudescence du commerce des esclaves. Quand je le rencontrai alors, à la fin du mois d'août 1752, il prévoyait que je rentrerais bientôt en France et il lui apparaissait sans doute nécessaire de sauver les apparences de nos relations, qui jusque-là avaient été exécrables.

Lui-même revenait d'un séjour de près de deux ans en France où il avait été appelé pour régler des affaires de famille. Son grand-oncle, Liliot-Antoine David, le gouverneur général de la Compagnie des Indes, auquel mon père s'était adressé pour favoriser mon voyage au Sénégal, avait dû laisser entendre à son petit-neveu qu'il pouvait le faire désigner comme son successeur. Et en effet M. de la Brüe n'était plus le même depuis son retour de Paris.

Si auparavant il ne se cachait ni de moi ni des commis de la Concession du Sénégal de son goût pour la débauche, il s'attachait désormais à la dissimuler le plus possible. La troupe de « malheureuses catins » qui l'escortait toujours, même lorsqu'il rendait visite par voie maritime à tous les comptoirs de traite de la Concession, du Cap Blanc à l'île Bissau, avait disparu. Il ne clamait plus haut et fort, pour faire rire ses employés, aussi débauchés que lui, qu'il visitait l'intérieur de l'Afrique de fond en comble au moins une fois toutes les douze heures. Son libertinage n'était plus trahi que par son visage grêlé par la grande vérole.

Ce fut donc par calcul qu'Estoupan de la Brüe ne fit aucune difficulté pour m'accorder tout le nécessaire à mon voyage par voie de terre de l'île de Saint-Louis jusqu'au village de Ben, au Cap-Verd. Jusqu'alors il s'était autorisé à me refuser très grossièrement toutes mes sollicitations de sauf-conduits, d'hommes et de ressources qui m'auraient permis de dresser des cabinets de fortune où abriter mes expériences de savant naturaliste. Il devait penser dorénavant que sa nomination au poste très convoité de gouverneur général de la Compagnie des Indes serait facilitée s'il apportait des preuves de sa connaissance approfondie de la politique des rois du Sénégal, de leurs atouts et de leurs faiblesses. Et il avait cru trouver en moi un informateur utile.

Trop heureux de le voir se radoucir à mon égard et d'avoir deviné que je pouvais avoir prise sur lui, j'acceptai donc de devenir l'espion de M. de la Brüe. Mais les espoirs de promotion du directeur de la Concession du Sénégal furent ruinés cinq ans après mon retour en France, quand le fort de Saint-Louis fut pris par les Anglais, tout comme celui de Gorée quelques mois plus tard.

Ndiak, que je retrouvai juste après mon entretien avec M. de la Brüe, se trompa sur la joie que reflétait mon visage. Elle était due tout autant à la victoire que je pensais avoir remportée sur l'avarice du directeur de la Concession qu'à ma satisfaction anticipée de voir la tête déconfite de mon jeune ami quand je lui apprendrais que nous ne nous rendrions pas au village de Ben par mer mais à pied. Cela ne manqua pas d'arriver. Le sourire de Ndiak, à qui j'avais laissé tout le temps de s'attribuer la gloire d'avoir eu l'idée de mentir à de la Brüe sur les véritables raisons de notre voyage en invoquant la recherche d'un indigotier fabuleux, se figea à l'annonce que nous marcherions tout le long de la Grande Côte, probablement pendant plusieurs semaines. Chose exceptionnelle qui me réjouit, il ne prononça pas un mot de protestation. J'ignorais encore alors que Ndiak craignait pour sa vie, mais ne voulait pas me l'avouer, par fierté.

XIV

Nous quittâmes donc à pied Saint-Louis, tôt le matin du 2 septembre 1752, et, contrairement à Ndiak, j'étais heureux. Ce que j'ai publié dans mon récit de voyage n'est pas un mensonge, j'ai horreur de prendre le bateau à cause du mal de mer contre lequel je n'ai jamais pu lutter malgré toutes les recettes que j'ai cru trouver pour le vaincre. Nous étions dix : Ndiak, moi, deux porteurs de mes malles d'instruments, de livres et d'habits et six guerriers du royaume de Waalo armés de fusils de traite. Peu m'importait que nous progressions plus lentement que par la mer.

Nous avons suivi la route qui relie Saint-Louis à la presqu'île du Cap-Verd un peu à l'intérieur des terres du Sénégal. Il aurait été plus rapide de longer la Grande Côte, c'est-à-dire la très longue plage de sable clair qui court de Saint-Louis au village de Yoff dans le sens nord/sud-ouest. Mais pour satisfaire à la mission d'espionnage des villages appartenant au roi du Kayor, j'avais prévu de couper les routes qui les rejoignaient depuis l'est. Estoupan de la Brüe nous avait accordé un sauf-conduit qui devait nous assurer une relative sécurité sur cette voie ponctuée de puits d'eau douce auxquels nous pourrions nous désaltérer assez régulièrement. Sans compter, élément essentiel pour moi, que les espèces de plantes et d'animaux y étaient plus variées et moins connues que sur le front de l'océan Atlantique.

Notre départ de Saint-Louis fut lent. Nous ne nous pressions pas, comme si nous voulions retarder le moment de notre rencontre hypothétique avec la revenante. Tant que nous ne la voyions pas, elle avait une chance d'exister. Aussi, distraits par toutes les merveilles de la nature, abondantes au Sénégal, nous n'hésitions pas, Ndiak et moi, à nous détourner de notre route pour suivre de loin un troupeau d'éléphants impassibles ou alors pister, toujours de loin, un clan de lions repus.

Ndiak ne se montrait pas moins patient que moi. Je l'avais instruit des méthodes de l'histoire naturelle à l'âge, à peu près, où je m'étais pris de passion pour elle avec la bénédiction de mon père. Mon jeune ami attirait sans cesse mon attention sur ce qu'il lui paraissait intéressant que j'observe, que je dessine et qui aurait pu m'échapper. C'est lui qui remarqua, au milieu d'une petite étendue d'eau profonde qu'on appelle marigot et que nous longions à ce moment-là, une plante merveilleusement belle connue sous le nom de *Cadelari*. Ses feuilles sous le soleil avaient des miroitements de soie argentée, on aurait dit un duvet végétal gorgé d'eau et de lumière. Ndiak me la désigna en clignant des deux paupières, s'efforçant de ne pas rire. Il prévoyait que j'aurais toutes les peines du monde à cueillir cette plante aquatique qui m'était inaccessible. Je ne sais pas nager et je ne voulais pas me mouiller. Nous étions arrêtés sur la berge, la plante à une vingtaine de toises de nous. J'estimai que le marigot ne devait pas être trop profond et que, juché sur les épaules d'un de nos porteurs, qui était bambara et qui mesurait un peu plus de six pieds, j'avais peut-être une chance de cueillir ma *Cadelari*. Je quittai ma redingote et mes chaussures et je montai sur les épaules de mon porteur qui s'enfonça dans l'eau jusqu'au cou alors que nous n'étions qu'à moitié route de ma plante. Il était courageux et ne s'arrêta pas de marcher tandis que sa tête était sous l'eau. Et j'étais moi-même immergé jusqu'à mi-corps quand je réussis à attraper du bout des doigts la *Cadelari*. Occupé à la cueillir délicatement, j'oubliai que mon Bambara, qui s'appelait Kélitigui, devait commencer à manquer d'air et que ma passion pour la *Cadelari* me vaudrait peut-être de me noyer en même temps que lui. Mais Kélitigui, qui était une force de la nature, ayant senti sans doute à mes mouvements sur ses épaules que j'étais en possession de mon trésor, rebroussa lentement chemin vers la berge, sans à-coup, comme s'il était devenu soudain un être amphibie doté de branchies. Une fois à pied sec, il me déposa au sol comme on dépose un léger paquet. Il ne paraissait pas éprouvé, ou du moins tâchait-il de ne pas le montrer. Pour le récompenser je lui offris une bourse en cuir qu'il pendit aussitôt à son cou. Ndiak ne riait plus des yeux, ni ne clignait des deux paupières, il semblait atterré. J'étais aussi fier de mon petit effet sur mon jeune ami que d'avoir ma plante.

Alors que nous nous trouvions encore non loin de Saint-Louis, après pourtant deux jours de marche, nous nous mîmes à chasser des oiseaux aquatiques. J'abattis quelques bécasses, parfois des sarcelles et des canettes, oiseaux qui comme nos hirondelles d'Europe viennent nicher dans cette partie de l'Afrique pour fuir l'hiver. Le soir, nous les faisions rôtir, partageant aussi avec notre troupe quelques fruits sauvages que nous cueillions en cours de route. J'avais une prédilection pour les *ditakh*, petits fruits de forme arrondie dont la coque, couleur brou de noix, un peu plus dure que la coquille d'un œuf bouilli, cache une chair farineuse d'un vert éclatant, retenue par un entrelacs de fibres blanches autour d'un noyau. Ce noyau que l'on suce libère des fibres un suc dont le goût est à la fois sucré et légèrement acidulé. Inconnu en Europe, ce fruit, en plus de me nourrir, étanchait ma soif et j'en fis donc une forte consommation tout au long de notre périple. Parfois, aujourd'hui encore, me vient le goût des *ditakh* quand je repense à mon voyage secret au Sénégal.

Ce n'est qu'à partir de Ndiébène, premier village sur la Grande Côte ayant appartenu jadis au roi du Kayor, que Ndiak et moi nous nous sommes astreints à une marche plus régulière.

Le soir, quand nous ne nous arrêtions pas dans un village, nos porteurs dressaient un campement sérieusement gardé par nos six guerriers, des Waalo-Waalo comme Ndiak. Car notre route était belle et passionnante pour mes recherches de naturaliste, mais elle était dangereuse. Nous le comprîmes très vite à l'effroi des paysans qui couraient se réfugier dans la brousse à notre approche. En nous voyant armés de fusils, ils pensaient que nous étions des chasseurs d'esclaves et que nous pratiquions le *moyäl*, la razzia, comme les guerriers mercenaires du roi du Kayor ou ceux de son voisin plus oriental du royaume du Djolof.

Rares étaient les paysans qui nous offraient l'hospitalité. L'état de guerre perpétuelle qui régnait à cette époque dans ce royaume entraînait la famine sur des terres où des céréales nourrissantes comme le mil et le sorgho viennent très facilement. Mais la folie des rois de ce pays, comme de ceux du monde entier, ne leur fait pas perdre de vue qu'ils ont intérêt à nourrir leurs peuples, ne serait-ce que pour pouvoir continuer à régner sur des vivants. Comme Ndiak me le disait sentencieusement à

78

ce sujet, en clignant des deux paupières, l'index de la main droite levé :

– Les morts ne paient pas de mine, ne paient pas de leur personne et ne paient pas d'impôts. Ils ne sont donc d'aucun intérêt pour les rois.

Aussi certains villages étaient-ils épargnés par les razzias. Mieux protégés que d'autres, plus prospères, ils assuraient leur survie comme celle de hameaux moins peuplés de leur circonscription en cultivant un réseau de terres où ne régnait pas la faim. C'est dans un de ces petits villages plus ou moins interdits de pillages qu'il m'arriva une aventure qui dérida Ndiak pour la première fois du voyage.

Nous avions quitté à l'aube le camp que nous avions installé la veille, non loin d'un hameau nommé Tiari, et voulions rejoindre avant midi le village de Lompoul, situé au sud d'une étroite bande de désert qu'on aurait dit détachée du Sahara. Les mêmes dunes de sable blanc ou rougeâtre selon la force du vent et la position du soleil dans le ciel, la même peur de s'y perdre et d'y mourir de soif quoique, des bords de l'Atlantique à ses confins les plus à l'est, sa largeur ne dépasse pas deux à trois lieues.

Le temps pressait. Dès le point du jour la chaleur monterait dans des proportions extraordinaires, redoutées par les Nègres eux-mêmes. Il s'agissait d'avoir à tout prix atteint le village de Lompoul avant l'heure où, comme le disait Ndiak, « le soleil mange les ombres », c'est-à-dire se trouve à l'aplomb de toute existence et la brûle sans pitié.

– À l'origine nous étions blancs, ajouta Ndiak. C'est à cause de ce soleil à la verticale du monde que nous sommes devenus noirs. Un jour d'extrême canicule, l'ombre chassée par le soleil s'est précipitée sur nos peaux, c'était son seul refuge.

Au bout de deux heures, martelé par une pluie de lumière brûlante, le sable des dunes sur lequel nous marchions péniblement se mit à bouillir. J'enfonçais mes pieds dans cette mer de feu où mes chaussures se lestaient de poids morts, aussi lourds que ceux que les suicidaires attachent à leurs chevilles pour ne pas remonter à la surface de la vie. À en juger par le visage de Ndiak, dont le noir commençait à prendre des reflets rougeâtres, le mien devait être écarlate. Mais, cette fois, Ndiak ne songeait pas à se moquer de moi tant il souffrait, malgré sa peau sombre censée le défendre des coups du soleil. Sous mon chapeau, je sentais mes joues cuire. La sueur qui dégoulinait de mon cou séchait sur mon dos avant d'atteindre le bas de ma chemise. Bien qu'elle soit en coton léger, j'avais enlevé ma redingote, ne supportant plus son poids sur mes épaules. Mais je la renfilai très vite car il me semblait qu'une couche de tissu supplémentaire me protégerait mieux des flammes qui tombaient d'en haut, droit sur nous. Nous mourions de soif tout en ne cessant pas de boire. Conservée dans des outres en cuir, l'eau attiédie ne suffisait pas à nous désaltérer. Je crus trouver une ressource dans un *ditakh*, dont j'aspirai la chair farineuse en la mélangeant de salive. Mais chaque fois que j'entrouvrais la bouche j'avalais des goulées d'air chaud et sec qui asséchaient ma langue et incendiaient le fond de ma gorge.

Quand nous atteignîmes Lompoul, nous conservions une petite ombre fidèlement attachée à nos pieds. Le soleil n'avait pas encore déversé sur nos têtes toutes ses réserves de chaleur. Nous nous précipitâmes vers le puits. Le chef du village, que nous avions à peine salué, commanda à ses gens de nous aider à en tirer de l'eau fraîche. Habitué à de telles arrivées fébriles à la sortie du désert voisin, le vieil homme nous guida vers l'ombre d'un auvent de paille assez grand pour nous recevoir tous, ainsi que tous les curieux du village. La fraîcheur offerte à cet endroit nous parut si grande que nous frissonnions presque de froid, inondés par le flot de sueur qui s'exsudait de notre peau depuis que nous avions bu une grande quantité d'eau. Alors que je n'avais pas ôté mon chapeau pour saluer le chef de Lompoul, une fois à l'abri, je l'enlevai sous les yeux de l'assistance. On découvrit mes cheveux trempés de sueur et mon front barré d'une ligne noire laissée par la teinture de mon couvre-chef. Ndiak, qui m'en voulait de toutes les souffrances entraînées par ce voyage dans la fournaise, éclata soudain de rire en me voyant tête nue

– Adanson, tu portes ta part d'ombre au milieu du front. Si notre route avait été plus longue dans le désert de Lompoul, tu en serais ressorti aussi noir que nous.

Toute l'assistance se mit à rire et je pris le parti de sourire pour ne pas me donner plus de ridicule. Ndiak ne croyait pas si bien dire quand il me trouvait une part d'ombre. Si celle que m'avait donnée la teinture du chapeau n'était que superficielle, il faut croire qu'elle a infecté mon sang d'une mélancolie qui ne m'a jamais plus vraiment quitté depuis ce malheureux voyage. Mais je ne m'en doutais pas encore et, pour remercier nos hôtes de leur bon accueil – ils nous avaient aussi offert du couscous de mil arrosé de lait de chamelle –, je décidai de dénouer théâtralement mes cheveux, que je portais très longs à cette époque, sous leurs yeux curieux.

Me sachant observé comme le représentant d'une race peu côtoyée par les Nègres de cette région, alors que j'étais assis en tailleur sur une natte, entouré de mon public, je détachai lentement la bourse de cuir qui emprisonnait ma chevelure au bas de ma nuque et je secouai la tête pour la répandre sur mes épaules. La tête baissée, j'observai à travers mes cheveux les enfants qui me faisaient face. Les plus jeunes d'entre eux, qui voyaient en moi une bête inquiétante, semblaient tentés pourtant de m'approcher. Un petit brave, pas plus âgé d'un an, s'échappa soudain des bras de sa grande sœur qui cria d'angoisse sans pour autant oser venir le chercher. Nu comme un ver, un gri-gri en cuir accroché au cou, le petit, après une dizaine de pas mal assurés, vint empoigner mes cheveux pour ne pas tomber au bout de sa course. S'il y a une nation qui éprouve une prédilection pour les petits enfants, c'est assurément celle des Nègres du Sénégal. Aussi, je gagnai le cœur de tous les villageois quand, après avoir délicatement desserré les poings du nourrisson, accrochés à deux grosses mèches de mes cheveux, je redressai le torse, que je tenais penché vers lui, pour rejeter mon abondante chevelure en arrière. Dans le même élan, j'assis l'enfant tout près en face de moi, et pris soudain sa main droite dans la mienne pour égrainer les questions d'usage que s'adressent deux adultes nègres lorsqu'ils se rencontrent. Je parodiai ces salutations pour faire rire l'assistance :

— Quel est ton nom de famille ? Est-ce que rien de fâcheux ne t'arrive ? Vis-tu en paix ? J'espère que la paix règne chez toi. Grâce à Dieu, moi, je me porte bien. Comment va ton père ? Comment va ta mère ? Et comment vont tes enfants ? Et ta grande sœur, qui hurlait de terreur tout à l'heure quand tu t'es échappé de ses bras pour venir toucher mes cheveux, s'est-elle remise ?

Je n'ai pas la veine comique, mais je me pris à ce jeu, d'autant plus que le petit enfant, qui m'envisageait et qui ne savait pas encore parler, bredouillait quelques

82

syllabes sur un ton identique au mien, comme s'il prétendait répondre de bonne foi à toutes mes questions.

Mon petit interlocuteur et moi avons ainsi fait rire aux éclats le public qui nous encerclait. Et les regards d'affection et d'amitié des villageois qui se sont posés sur moi pendant notre court séjour au village de Lompoul m'ont prouvé une nouvelle fois que le peuple, chez les Nègres du Sénégal, n'est ni sauvage ni sanguinaire, mais assurément débonnaire.

Aujourd'hui, tandis que devenu vieux j'écris ces lignes qui te sont destinées, Aglaé, mon cœur se serre à l'idée que cet enfant dont le prénom me revient soudain, Makhou, a peut-être été enlevé pendant la période de troubles qui s'est abattue sur la zone du village de Lompoul après mon voyage au Sénégal. Que lui a-t-on dit de moi, le premier *toubab* qu'il ait rencontré ? Ses parents, sa grande sœur ont-ils eu le temps de lui rapporter notre conversation loufoque ? Est-il encore aujourd'hui au milieu des siens dans le village de Lompoul ou est-il devenu esclave aux Amériques ? A-t-il des petits-enfants auxquels il se plaît à raconter, sourire aux lèvres, l'histoire de notre rencontre ou se dit-il, attaché à une chaîne et maudissant ma race, que je préfigurais la ruine de sa vie ?

Avec le recul du temps, ma chère Aglaé, les joies et les souffrances de notre existence s'entremêlent pour prendre ce goût doux-amer qui a dû être celui du fruit défendu dans le jardin d'Éden.

XV

Au sortir du village de Lompoul, nous ne nous dirigeâmes pas vers le sud comme nous l'aurions dû pour rejoindre plus rapidement le Cap-Verd, mais nous prîmes un chemin plus à l'est. Quand j'expliquai à Ndiak que nous nous rendions à Meckhé, la deuxième place forte du royaume du Kayor après Mboul, il changea de visage sans rien me répondre. Je le pressai de questions et il m'avoua enfin qu'en allant à Meckhé je lui faisais prendre des risques inconsidérés, ainsi qu'à tous ceux de notre escorte. Avais-je oublié qu'il était l'un des fils du roi du Waalo ? Ignorais-je que son père, Ndiak Aram Bocar, avait remporté sur le roi du Kayor une bataille où de nombreux guerriers avaient trouvé la mort ? Je savais en effet que le roi du Kayor avait perdu à la bataille de Ndob, juste avant mon arrivée au Sénégal en 1749, le village côtier de Ndiébène, non loin du fort de l'île de Saint-Louis. Mais, malgré l'inquiétude légitime de Ndiak, je devais m'en tenir à la promesse que j'avais faite au directeur de la Concession du Sénégal de recueillir des informations sur Meckhé, sa situation exacte, le nombre de ses habitants, la taille de la cour et de l'armée du roi du Kayor. C'était à ce prix que j'avais obtenu la permission de retourner au Cap-Verd pour une raison que je ne pouvais pas révéler à M. de la Brüe : retrouver la revenante et découvrir son histoire. Ndiak était donc dans la situation inconfortable du trompeur trompé. Je m'en voulais de le lui cacher, mais je n'avais pas d'autre choix pour le protéger que de le laisser dans l'ignorance du marché que j'avais conclu avec le directeur de la Concession.

Notre chance fut qu'à la suite de la bataille de Ndob où il avait été défait, l'ancien roi du Kayor avait été destitué. C'était Mam Bathio Samb qui avait été élu roi à sa place par un collège de sept sages réunis à Mboul. Mais, en réalité, Mam Bathio Samb ne devait pas son élection à ce vote. Il avait été imposé, en sous-main, comme *damel* du Kayor par le roi du Waalo, le père de Ndiak. Ce dernier l'ignorait comme moi. Nous devions le découvrir ensemble à Meckhé, ce qui réduisit d'un coup notre inquiétude sur le sort qui pouvait nous y être réservé.

À notre arrivée à Meckhé, après deux jours de marche soutenue, l'agitation était grande. Nous crûmes deviner que les gens d'armes du roi nous avaient laissé passer sur la route de Meckhé, moi compris, le Blanc qui aurait dû inspirer la méfiance, parce qu'ils pensaient que nous nous rendions au mariage du roi Mam Bathio Samb.

Comprenant vite que nous avions intérêt à prétendre que nous nous étions écartés de notre route vers le Cap-Verd pour assister à son mariage, nous fûmes pris en charge à l'entrée nord du village par un chef de quartier qui nous assigna notre lieu de résidence. C'était une concession de cinq cases entourées d'une palissade à hauteur d'homme où le chef nous fit apporter des canaris d'eau fraîche et de quoi nous restaurer. Je ne m'étonnai pas de cette hospitalité communément appelée *téranga* et qui est une vertu très généralement partagée par tous les Nègres du Sénégal. Mais il était possible que toutes ces attentions indiquent que le chef de quartier nous attendait. Les espions du roi devaient l'avoir averti depuis bien longtemps de notre intention de rejoindre Meckhé, mon escorte et moi le *toubab*. J'en eus la certitude quand, alors que nous finissions de nous rafraîchir, un homme de belle prestance, suivi de deux guerriers armés de longs fusils de boucaniers, entra dans la cour de notre concession.

A la différence du chef de quartier, cet homme, qui portait une coiffe rouge à la forme proche de celle de nos bonnets phrygiens, ne se découvrit pas en ma présence pour me faire comprendre qu'il n'était pas mon inférieur. Je gardai également sur ma tête mon chapeau, qui avait beaucoup souffert de notre traversée du petit désert de Lompoul, et le priai le plus civilement possible de s'asseoir sur une grande natte que j'avais fait dérouler sur le sable fin de notre cour. Contrairement à Baba Seck, le chef du village de Sor, qui, bien que nous soyons devenus amis, ne s'asseyait jamais qu'au coin de la natte que nous partagions parce que j'étais français, cet homme s'assit face à moi et, me regardant sans détour, me tint ce discours dont je me souviens encore, tellement il m'a saisi :

– Je m'appelle Malaye Dieng. Au nom de notre roi Mam Bathio Samb, je te remercie, toi, Michel Adanson, d'avoir accompagné Ndiak, le fils du roi du Waalo, notre allié Ndiak Aram Bocar, jusqu'à Meckhé pour assister à son mariage.

Stupéfait, je bredouillai quelques paroles de remerciement en notre nom à tous, m'imaginant le jeune Ndiak debout derrière moi se retenant de pouffer de rire. Ce n'était donc pas lui qui était à mon service mais moi au sien. En une seule phrase j'étais devenu l'équivalent de l'homme de cour qui me faisait face, je n'étais plus qu'un membre parmi tous les autres de l'escorte du petit prince Ndiak. Je me demandai aussitôt comment l'envoyé du roi du Kayor connaissait notre identité. Avions-nous été repérés pour ce que nous étions dès notre départ de l'île de Saint-Louis alors que nous pensions que la qualité de Ndiak resterait cachée tout le long de notre voyage ?

Malaye Dieng prit congé, nous invitant, au nom du roi du Kayor, à assister à une partie des festivités le lendemain matin ; il reviendrait nous chercher après la deuxième prière du jour. Une fois que je l'eus raccompagné jusqu'à la porte de notre concession, comme la politesse du pays l'impose, et qu'il m'eut donné mon congé à son tour, je revins dans la cour, où je découvris Ndiak assis en tailleur au centre de la natte. Clignant furieusement des paupières pour garder son sérieux, il se tenait droit. Me toisant du haut de ses quinze ans, il jouait au roi. Je pris le parti de le pousser à perdre sa contenance royale en m'asseyant modestement dans un coin de la natte tout en ôtant mon chapeau, obséquieux. Cela fut suffisant pour que les membres de notre escorte, autant les gens d'armes que nos porteurs, éclatent. Pour la première et la dernière fois de notre voyage, Ndiak pleura de rire.

Déjà maintes fois marié, le roi du Kayor épousait une Laobé pour, disait-on, se concilier les pouvoirs secrets sur les arbres et les animaux de la brousse détenus par les maîtres de la caste de sa nouvelle femme. À la différence de nos rois et de nos empereurs d'Europe, les rois du Sénégal ne craignent pas les mésalliances. Ainsi, alors qu'il est interdit à la noblesse du pays de contracter un mariage pour s'approprier une partie des pouvoirs cachés de la caste de son épouse, un roi peut se l'autoriser.

— Les Laobés sont les défricheurs de la brousse,
m'a expliqué Ndiak. Ce sont eux qui permettent aux
royaumes d'étendre leurs terres cultivables. Ils savent
les prières qu'il faut réciter avant de couper les arbres,
de même que toutes les précautions à prendre pour éloi-
gner les génies des villages pris sur la brousse. Sans les
Laobés, les rois ne pourraient pas trouver de nouvelles
terres à distribuer à leurs courtisans et à leurs soldats.

J'étais encore jeune et, alors que je ne me gênais
presque jamais pour dire ce que je pensais, je me suis
retenu avec peine de rétorquer à Ndiak que cette imagination du pouvoir des hommes sur de prétendues forces
occultes n'était qu'une grossière superstition. Mais,
à présent que je suis devenu vieux, je vois dans ces
croyances un des merveilleux subterfuges trouvés par
certaines nations du monde pour limiter le pillage de la
nature par les hommes. Malgré mon cartésianisme, ma
foi dans la toute-puissance de la raison, telle que les
philosophes dont j'ai partagé les idéaux l'ont célébrée, il
me plaît d'imaginer que des femmes et des hommes sur
cette terre sachent parler aux arbres et leur demandent
pardon avant de les abattre. Les arbres sont bien vivants,
comme nous, et s'il est vrai que nous devions nous
rendre comme maîtres et possesseurs de la nature, nous
devrions avoir des scrupules à l'exploiter sans égards
pour elle. Je ne trouve donc plus absurde, aujourd'hui
que j'ai une plus grande expérience de la vie, et alors
même que je suis sur le point de la quitter, que des
hommes d'une race différente de la mienne aient une
représentation du monde tendant à manifester du respect
pour la vie des arbres.

Des forêts d'ébéniers qui occupaient les soixante
lieues de côte séparant la presqu'île du Cap-Verd de l'île
de Saint-Louis, il ne reste que très peu de spécimens.

Ebony ébéniers

Abattus en très grand nombre par les Européens durant
les deux siècles précédant mon voyage au Sénégal, ils
décorent désormais les marqueteries de nos secrétaires,
nos cabinets de curiosités, les touches de nos clavecins.
Ils se montrent ou se cachent dans les chœurs de nos
cathédrales, dans les détails sculptés de maints buffets
d'orgue, de stalles, de chaires et de confessionnaux. Pris
d'une tentation d'animisme, j'ai pensé un jour, devant
les panneaux d'un noir profond du retable d'un autel,
que si pour chaque arbre coupé les prières païennes d'un
sage laobé avaient été nécessaires, la grande forêt d'ébéniers n'aurait peut-être pas encore disparu du Sénégal.
Alors, agenouillé dans la pénombre de l'église, envi-
ronné par leurs cadavres vernis et cloués, je me suis mis
à prier les ébéniers de pardonner leurs péchés à ceux
qui les avaient tronçonnés, débités et transportés sous
un autre ciel, très loin de leur mère Afrique.

*Ebony disappeared
from Sénégal
l'exploitation*

XVI

belliqueux (or)

Meckhé était un village fortifié entouré de hautes palissades ceinturant un très grand nombre de cases. Là aussi, mais sans doute avec l'assentiment des Laobés, la nature avait été contrainte de payer un fort tribut de bois aux hommes. Ndiak m'avait expliqué que c'était un chef de guerre, le Farba Kaba, qui avait incité tous ses ennemis à dresser à son exemple des palissades d'épineux pour protéger certains villages du _moyäl_. Il m'avait précisé aussi que les réunions des conseils royaux pour entreprendre une guerre ou une razzia, les _lēl_, se tenaient généralement dans des villages guerriers comme Meckhé.

Il fallait croire que nous étions surveillés, car, alors que dans tous les villages que nous avions traversés jusqu'alors la blancheur de ma peau était une attraction, personne, aucun enfant même, ne se cachait derrière les palissades de notre concession pour nous épier. Et, après le départ de Malaye Dieng, j'eus beau essayer de m'adresser aux gens que je rencontrais sur le chemin du marché où j'avais souhaité me rendre, j'en étais toujours pour mes frais. Aux questions générales que je posais sur la fréquence de sa tenue, sur le nombre d'habitants de Meckhé, je ne recevais en réponse que des sourires polis et des paroles évasives. Craignant de donner lieu

91

de penser que j'étais vraiment un espion, je finis par me contenter d'évaluer moi-même la population et la taille de Meckhé.

Libre de déambuler, j'estimai à un peu plus de deux cents le nombre de feux, ce qui pouvait laisser penser que la population comptait, tout au plus, dix-huit cents âmes, c'est-à-dire un peu plus de la moitié de la population de l'île de Saint-Louis. Chaque quartier de cette place forte paraissait bénéficier d'un puits, ainsi, Meckhé pouvait tenir un siège de quelques semaines sans privation d'eau. Sur la grande place centrale du gros bourg, le vaste marché regorgeait de fruits, de légumes, de céréales, d'épices, de poisson séché, de viande de brousse ou d'élevage. Alors qu'il m'avait semblé que les hameaux des alentours subissaient un début de famine, je compris que toutes les ressources de cette région du royaume du Kayor étaient dirigées vers Meckhé. J'ignorais si cette information pouvait être utile à Estoupan de la Brüe. Je me promettais de la lui donner, mais, comme tu le liras dans la suite de mes cahiers, Aglaé, jamais le directeur de la Concession ne m'a demandé de lui faire un compte-rendu écrit de mon dernier voyage au Cap-Verd.

XVII

Le lendemain matin, après la deuxième prière du jour, comme annoncé, Malaye Dieng, le messager, vint nous chercher. Nous nous étions vêtus le plus proprement possible pour faire honneur au roi du Kayor. J'avais changé de linge, et je portai une culotte crème assortie à ma redingote. J'avais troqué mes chaussures mangées par la chaleur du désert de Lompoul contre des souliers en basane, dont j'avais fait lustrer les boucles. Mes cheveux étaient attachés par un catogan de velours noir, de la couleur du tricorne qui, comme tous mes vêtements propres, sortait d'une malle tenue par un de nos porteurs. Ndiak, qui avait lui aussi une petite malle d'habits de rechange, y avait puisé un pantalon bouffant de coton jaune. Il avait passé une grande chemise teintée en bleu indigo, au col brodé de fils dorés, ouverte sur les flancs et serrée à la taille par une large bande de tissu de la même couleur que son pantalon. Il avait chaussé des bottes au bout pointu en cuir jaune qui lui montaient jusqu'à mi-jambe, ce qui était pour lui une façon d'attester qu'il était bon cavalier et de sang noble. En guise de chapeau il arborait, attaché sous le menton, le même bonnet phrygien en coton que l'envoyé du roi du Kayor, mais de couleur jaune foncé et orné de plus de cauris, des petits coquillages pouvant servir de monnaie chez les Nègres.

Fier d'être l'invité d'honneur du roi plutôt que moi, Ndiak marchait le plus lentement possible devant nous, tournant la tête de droite et de gauche, le nez au vent, le sourcil froncé. Quant à moi, dans le dédale des rues étroites et sablonneuses de Meckhé, je continuais mon décompte des puits. Par le chemin que nous avions emprunté il y en avait trois, dont les alentours étaient déserts, contrairement à ceux que j'avais observés la veille.

Bien avant d'atteindre la porte sud du village, par où nous débouchâmes sur une grande plaine carrée dont les côtés étaient délimités par plusieurs centaines de villageois debout les uns contre les autres, nous avions commencé à entendre le grondement continu de quatorze *sabar*, des tambours de différentes tailles. Leur fracas m'étourdit presque quand je passai près d'eux pour rejoindre de l'autre côté de la place, face à la porte que nous venions de franchir, le vaste dais royal sous lequel le messager nous indiqua de nous asseoir non loin derrière deux trônes en bois sculpté.

Le son de ces tambours était si puissant que j'eus le sentiment, à leur proximité, que mes entrailles se retournaient et que le rythme de mon cœur était contraint de se fixer sur le leur. Si un tiers d'entre eux rendaient un son grave et profond tandis que les deux autres tiers leur répliquaient sur un ton plus léger, celui du chef d'orchestre, qui me parut le plus âgé des joueurs, produisait comme le crépitement d'une forte pluie. Ce batteur, qui portait à la mode du pays une chemise de coton bleu et blanc ouverte sur les flancs, n'était pas imposant mais il maltraitait la peau de son instrument avec une telle vigoureuse dextérité qu'il me semblait que le son

94

émis par son *sabar* se détachait de celui des autres, tout en continuant à s'appuyer sur eux, comme un vieillard appuie par intermittence sa canne sur le sol pour éviter de tomber. Le bruit de grêle de son tambour explosait soudain, entrecoupé par des silences avant de repartir dans une course folle et titubante.

En plus des quatorze tambours, deux jeunes gens couraient en tous sens sur la place pour amuser le public. Ils tenaient en bandoulière, glissés sous leur aisselle gauche, des *tamas* dont ils frappaient la peau tantôt de la main gauche repliée au poignet, tantôt de la main droite à l'aide d'un petit bout de bois recourbé à angle droit. Le son produit pouvait être modulé du plus grave au plus haut selon la pression qu'ils exerçaient avec l'intérieur de leur biceps gauche sur des cordes qui tendaient ou détendaient la peau qu'ils martyrisaient de coups secs. Ce devaient être comme des bouffons du roi car ils plaçaient sur leur visage un sourire béat tout en rentrant le menton dans leur cou, toujours l'une ou l'autre jambe en l'air, jouant de leur bras gauche comme d'une aile atrophiée. On aurait dit qu'ils imitaient ces grands oiseaux pêcheurs des bords du fleuve Sénégal qui, quand ils sont gagnés par le sommeil et reposent sur une seule de leurs deux pattes grêles, la tête cachée sous une aile, déplient brusquement l'autre pour ne pas perdre l'équilibre.

Nous fûmes installés, Ndiak et moi, entre les premiers notables du royaume tandis que le reste de notre troupe avait été orienté plus loin derrière, sur les côtés du dais royal. Alors que nous nous frayions un chemin parmi les dignitaires assis au sol, je pouvais sentir le poids de leurs regards posés sur moi. Ils répondaient à peine à nos salutations, détournant les yeux pour qu'il ne soit pas dit qu'ils nous observaient.

À peine étions-nous assis sur de belles nattes de jonc tressé dégageant une agréable odeur de roseaux coupés que les quatorze tambours se turent. Annoncé par son griot criant à tue-tête ses louanges, le roi avançait au pas lent de son cheval. Lui et sa monture étaient protégés du soleil par une ombrelle de coton rouge, frangée d'un galon doré, dont le long manche était tenu à bout de bras par un serviteur tout de blanc vêtu.

Grand de taille, le roi portait une tunique en coton bleu ciel, ouverte sur les côtés, dont le tissu était tellement amidonné qu'il donnait l'impression d'être rigide et brillant comme une armure. Une écharpe en soie jaune garnie de glands dorés lui serrait la taille et l'on pouvait voir, glissées dans de longs étriers, ses hautes bottes en cuir jaune au bout pointu, comme celui des sandales marocaines. Sa tête était coiffée d'un bonnet en feutre rouge sang surmonté lui aussi d'un gland doré qui scintillait comme une étoile sur son épaule droite quand un rayon de soleil le touchait.

Le cheval monté par le roi était un barbe du Sénégal dont la robe gris pommelé mettait en valeur, par contraste, la selle en cuir rouge foncé ainsi que les rênes de la même couleur qu'il tenait de la main droite. Un grand gri-gri en cuir rouge identique à la selle et aux rênes barrait le poitrail de l'animal, cachant en partie la cicatrice d'une blessure, un large bourrelet de chair rose, qu'il avait dû recevoir à la guerre. Des pompons en laine jaunes et bleu nuit ornaient son chanfrein. Il ne portait pas d'œillères. Le roi lui caressait de temps en temps l'encolure de la main gauche.

La mariée suivait, elle aussi à cheval. Sa tête et ses épaules étaient recouvertes d'un pagne en tissu blanc richement orné de pièces d'or. Selon ce que m'expliqua Ndiak, quand le roi avait rejoint la concession où l'attendait sa future épouse, il avait dû la repérer parmi plusieurs jeunes femmes, dont la tête avait été pareillement recouverte d'un pagne. Comme la tradition prétendait que le couple serait heureux si le marié l'identifiait sans erreur, la mariée avait sans doute choisi le très riche pagne qui lui couvrait encore la tête pour se distinguer des autres, afin de lui faciliter la tâche.

Le cheval de la mariée avait la même robe gris pommelé et le même harnachement que celui du roi. Mais ses rênes étaient tenues par une femme imposante, vêtue d'une robe de coton blanc, la tête ceinte du même tissu, et qui devait être la tante la plus âgée de la mariée.

Une fois le couple royal installé sous le dais, les quatorze tambours repartirent.

Ndiak et moi voyions le roi et la reine de dos. Ils se tenaient droit autant qu'ils le pouvaient sur des sièges bas qui me parurent, d'où j'étais, inconfortables, mais beaux. Les détails de ces petits trônes sculptés m'échappent aujourd'hui mais je sais qu'ils avaient été particulièrement travaillés, en l'honneur de la mariée, par les artisans laobés, connus pour être les maîtres du bois. Le nom de la nouvelle épouse du roi était Adjaratou Fam et le roi Mam Bathio Samb l'épousait pour se concilier le premier de sa caste. Le Malaw Fam était le propre père de la mariée et avait la réputation de maîtriser si profondément les secrets du bois qu'il pouvait sculpter des statuettes se déplaçant toutes seules, les nuits sans lune, pour aller commettre des assassinats commandités par lui.

Je ne croyais pas ces mômeries. Mais elles me révélaient que partout où les hommes entendent conserver le pouvoir, ils trouvent toujours des stratagèmes pour inspirer une crainte sacrée à leurs inférieurs. Associée à leur suprématie, la terreur qu'ils inspirent est proportionnelle à leur peur de perdre leur domination. Plus celle-ci est grande, plus celle-là est terrible. La place du Malaw Fam devait être bien enviable pour qu'il l'entoure de tant de mystères mortifères. Et ce devait être un homme bien habile puisque, toute méprisée que soit sa caste par la noblesse du pays, le propre roi du Kayor n'avait pas hésité à épouser sa fille pour faire de lui son allié.

Les Laobés, comme me l'a appris la suite des festivités, ne sont pas réputés seulement pour leur merveilleux travail du bois mais aussi pour leur art de la danse. Je n'ai jamais vu, depuis ces noces, de poses plus impudiques que celles que pratiquent les Laobés. Suivant le rythme des tambours, une dizaine de femmes s'alignent face au même nombre d'hommes. Sortant l'un après l'autre de leur ligne respective, des couples se forment au milieu de l'aire de danse. Après avoir mimé frénétiquement, mais toujours en rythme, l'acte d'amour pendant un temps déterminé par le chef d'orchestre, chacun retourne à sa ligne. Et ce beau spectacle finit quand, dans un mouvement d'ensemble, les deux groupes de danseurs se rapprochent à nouveau, presque cuisse contre cuisse, au point que j'ai cru voir ce jour-là un entremêlement de bras et de jambes projetés en l'air dans un nuage de poussière ocre.

Comme les mimes, que j'ai pu souvent voir à la Foire Saint-Germain à Paris, font semblant de tomber, de recevoir des coups de bâton, et bien d'autres farces encore, mais d'une façon si exagérée qu'elle paraît grotesque au public, je me suis fait la réflexion, en voyant les Laobés imiter l'acte d'amour dans leur danse si frénétique, que ce pouvait être après tout un bon moyen d'amuser le public. Mais je dois avouer que n'étant pas habitué à ce genre de représentation, elle n'eut pas qu'un effet comique sur ma jeune personne. Dans cette danse, appelée le *Leumbeul*, le déhanchement des femmes laobés s'accorde si bien avec le rythme des tambours que l'on finit par se dire que le véritable chef d'orchestre de ce spectacle diabolique est leur derrière. Je confesse que je fus ému par la vision de toutes ces Vénus callipyges *plump* dansant comme des bacchantes.

+ horses dance

Si les Laobés de sa nouvelle épouse avaient eu la mainmise sur le début des festivités, vint le tour du roi du Kayor qui commanda de faire danser ses chevaux. Je ne compris pas tout d'abord pourquoi un groupe d'une dizaine de cavaliers s'approchait lentement des tambours. Chacun d'eux était richement vêtu et il me parut qu'ils avaient tous accordé la couleur de leurs vêtements à ceux des pagnes attachés à leurs selles qui couvraient leurs jambes et flottaient sur les flancs de leurs montures. Généralement jaune soleil, bleu indigo ou ocre, ces pagnes partagés par le cavalier et son cheval me donnèrent l'impression, par une sorte d'illusion d'optique, sans doute amplifiée par l'éclat aveuglant du soleil sur le sable, que je voyais des centaures, ces êtres fabuleux de l'Antiquité, mi-hommes, mi-chevaux. Cette méprise s'accrut dès que ces cavaliers se mirent à danser l'un après l'autre à quelques pas du roi et de sa nouvelle épouse.

Là où nous étions assis, Ndiak et moi, les hautes coiffes du roi et de la reine nous barraient la vue par intermittence. Et il me semblait que les bustes des cavaliers se substituaient aux têtes de leurs montures et que leurs jambes dissimulées par les pagnes devenaient sans équivoque des jambes de chevaux. Les cavaliers, les bras levés vers le ciel, s'ingéniaient à si bien cacher la façon discrète dont ils guidaient leur bête que j'aurais pu jurer que se dressaient devant nous des géants souriants faisant voler le sable en cadence sous leurs sabots. Quand les dix chevaux commencèrent à danser à l'unisson, les cris suraigus de la foule furent si puissants qu'ils parvinrent presque à couvrir le fracas des quatorze joueurs de tambour qui martyrisaient la peau de leurs instruments sans marque de fatigue, malgré la chaleur du soleil nous inondant depuis plusieurs heures.

Sur un signe invisible du roi à son chambellan, tout bruit cessa d'un coup. Et, dans le silence qui suivit le grand vacarme de la danse débridée des chevaux, le grondement des tambours continuait de résonner si fort dans ma tête que j'avais le sentiment que mes voisins pouvaient l'entendre surgir de mes oreilles. Mais ce n'étaient sans doute que les battements de mon cœur qui, s'étant ajustés au rythme immuable des tambours les plus graves de l'ensemble des quatorze, prolongeaient leur roulement dans mon esprit. Il m'arrive encore aujourd'hui, à l'écoute de mon cœur dans le silence d'une nuit d'insomnie, de croire entendre le rythme entêtant des tambours de Meckhé en l'honneur du roi du Kayor et de sa nouvelle épouse Adjaratou Fam.

Le roi et sa dernière reine remontèrent sur leurs chevaux gris pommelé. Précédés par leurs griots qui s'étaient remis à crier leurs panégyriques, ils regagnèrent leur concession-palais cachée dans un dédale de ruelles, connue de leur seule garde rapprochée. Dès qu'ils eurent disparu derrière la porte sud du village par où ils étaient arrivés au début de la cérémonie, la grande place fut livrée au sacrifice gigantesque de vingt et un taureaux blancs, noirs et rouges selon des rituels longs et compliqués que je ne compris pas. Ce ne fut qu'à la nuit tombée que je pus voir au-dessus de larges brasiers rougeoyants, creusés dans le sable, là même où quelques heures auparavant avaient dansé sous le soleil des femmes, des hommes et des chevaux, rôtir de grandes pièces de viande. Embrochées sur des épieux soutenus à leurs extrémités par de longs piquets noueux, elles dégouttaient de graisse ravivant les flammes.

Plus tard, repus de viande grillée servie découpée dans des calebasses, et notre soif étanchée par des pintes de vin de palme également servies par les esclaves du roi, nous retournâmes à notre concession. Derrière nous, les derniers nuages de fumée odorante de la graisse des bêtes sacrifiées s'élevaient dans le ciel de la brousse. Et toute la nuit nous entendîmes les hyènes, les lionnes et les panthères, au-delà des fortifications du village, se disputer les carcasses des vingt et un taureaux dont le roi avait gratifié ses deux peuples : d'abord celui des hommes, ensuite celui des êtres de la brousse que les Laobés lui avaient offerts en cadeau de mariage.

XVIII

Le lendemain, le roi du Kayor, pour remercier Ndiak, le fils du roi du Waalo, d'avoir honoré son mariage de sa présence, et moi de l'avoir escorté, nous fit remettre à chacun, des mains de son messager Malaye Dieng, un jeune barbe du Sénégal couleur bai brun. Ces deux chevaux, qui devaient être frères, car ils portaient la même tache blanche en forme de croissant de lune entre les yeux, nous avaient été offerts équipés de selles. Mais celle de Ndiak m'intrigua. Elle était très différente de la mienne, qui ressemblait à toutes celles que j'avais entraperçues la veille, en cuir rouge, ou jaune foncé, incrusté d'arabesques florales argentées, dans le style mauresque. Je ne fis semblant de rien et je remis à plus tard son examen.

Après avoir chaleureusement remercié Malaye Dieng, Ndiak lui remit en retour notre cadeau. Dans l'espoir que j'éloignerais de moi ainsi tout soupçon d'être un espion de la Concession du Sénégal et malgré sa relative modestie, j'avais proposé à Ndiak d'offrir au roi une des deux montres que j'avais achetées, juste avant mon départ pour l'Afrique, chez Caron, le plus célèbre horloger de Paris. C'est Ndiak qui tendit à son envoyé la plus ouvragée des deux en lui racontant, comme je le lui avais expliqué, que le roi de France et ses sœurs en possédaient d'exactement identiques. Malaye Dieng prit congé de nous une fois que Ndiak lui eut montré le fonctionnement de cette montre dont le nouveau mécanisme de précision avait fait le succès à Versailles. Cet objet était alors à la mode à la Cour en ces temps où le fils Caron, bien avant de devenir Beaumarchais, ne s'était encore illustré que par des inventions imaginées dans l'atelier d'horlogerie de son père.

Ndiak eut la délicatesse d'offrir à Malaye Dieng en notre nom, pour le remercier de ses bons offices, un poignard recourbé à pommeau d'ivoire et son étui de cuir incrusté de fils d'argent. Nous le raccompagnâmes ensuite à la porte de notre concession où, selon l'usage des Nègres, nous lui renouvelâmes nos remerciements et nos salutations avant qu'il ne s'en aille définitivement. Dès qu'il eut le dos tourné, Ndiak vola jusqu'à nos deux chevaux qui se tenaient tranquilles attachés au tronc d'un manguier au milieu de la cour. Ces deux chevaux étaient jumeaux, mais, comme je l'avais déjà remarqué, leurs selles n'étaient pas identiques et je fis détacher celle qui m'intriguait pour l'examiner à mon aise malgré les protestations de Ndiak souhaitant déjà caracoler.

Cette selle avait ce boudin de cuir brun pour caler le dos du cavalier et ces trois sangles se rejoignant en boucle sous le ventre de l'animal caractéristiques de la sellerie anglaise. Sans en avoir la certitude, je devinai que le don de cette selle anglaise à Ndiak pouvait comporter un message souterrain qui m'était destiné, de même qu'au directeur de la Concession du Sénégal. Le roi du Kayor ne nous signifiait-il pas ainsi qu'il pouvait, selon son bon plaisir, ou s'il le trouvait avantageux pour lui, traiter de préférence avec les Anglais plutôt qu'avec les Français ? Destiné au fils d'un roi

no longer ~~not~~ a child secret.
from Ndiak.

allié traditionnel des Français, ce cadeau me paraissait
plus éloquent qu'un long discours politique. Je crus qu'il
était temps d'informer Ndiak de mon arrangement avec
M. de la Brüe pour qu'il ne s'expose pas aux remon-
trances de son père lorsqu'il verrait cette selle anglaise.
Je ne voulais pas qu'il pense avoir été ma dupe tout au
long de notre voyage. Je le considérais comme mon ami.

C'est une fois hors de Meckhé, sur la route de Keur
Damel, village éphémère sur la côte atlantique où le
roi du Kayor se rendait parfois pour traiter avec les
Français, et visiblement aussi avec les Anglais, que je
révélai ce que j'avais caché à Ndiak. Il ne fit qu'en rire
et prétendit qu'il se doutait bien que j'étais redevable à *indebted*
la Concession du Sénégal, quoique je ne sois pas leur
employé. Il trouvait naturel qu'Estoupan de la Brüe me
demande d'espionner tous les royaumes du nord du
Sénégal. Et, puisque nous en étions aux confidences,
il ajouta même qu'il m'espionnait depuis toujours pour
le compte de son père, le roi du Waalo. Mais que je ne
m'inquiète pas, je pouvais compter sur lui pour garder
mes secrets. Il ne lui racontait pas tout. Seulement des
détails.

Je ne savais pas quoi penser de sa franchise. J'ignorais
s'il plaisantait comme à son habitude ou s'il était exact
qu'il était l'espion de son père. Je trouvais étrange
qu'un si jeune homme – il n'avait que douze ans quand
M. de la Brüe me l'avait associé – ait été chargé du
poids d'une telle mission. Mais la suite de notre malheureux voyage me démontra que Ndiak, malgré son
jeune âge et sa malice, avait un véritable attachement
pour moi.

Pour l'heure, il était si heureux et si fier du cheval
sellé à l'anglaise que lui avait offert le roi du Kayor
qu'il le lançait très souvent au galop, sur la route qui

nous menait à notre étape suivante, pour se griser de sa vitesse. Et alors que le nuage de poussière qu'il laissait derrière lui me donnait à penser que nous ne le reverrions pas avant longtemps, nous le retrouvions tout au plus une demi-lieue plus loin, debout près de l'animal, lui caressant l'encolure ou vérifiant ses jambes et les fers de ses sabots, s'assurant que tout allait bien. Au bout d'une troisième halte impromptue où nous le surprîmes à lui donner à boire de l'eau tirée de sa propre gourde, dans le creux de ses deux mains jointes, je le persuadai que s'il continuait à ce train, son cheval tomberait assurément malade.

— Ou, pire encore, ajoutai-je, tu pourrais perdre son estime. Un animal fait pour la course comme le tien doit avoir de bonnes raisons de galoper. Sinon, il ne respectera pas ta volonté quand tu en auras vraiment besoin. Tu t'arrêtes si souvent pour t'en occuper qu'il risque de prendre tes caprices du jour pour une règle de conduite générale. À ce rythme, tu ne pourras plus jamais le réformer.

J'avais visé juste. Ndiak était si fier de son rang qu'il jugea utile de m'écouter pour ne pas s'exposer un jour à perdre la face devant ses « égaux ». Par ses « égaux », il entendait les gens, hommes, femmes et enfants, de la famille royale à laquelle il appartenait. Dès son plus jeune âge, comme certains de nos nobles de l'Ancien Régime, son entourage lui avait enseigné à ne souffrir aucun affront public sans tâcher de le réparer sur-le-champ, quitte à en perdre la vie. Quand on lui manquait de respect, ce n'était pas simplement son honneur qui était en jeu, mais celui de toute sa famille.

— Tu as raison, Adanson, mon cheval ne doit pas se comporter d'une façon ridicule car il appartient désormais à mon clan. D'ailleurs, bien que ce soit un étalon, je vais lui donner le nom de la personne que j'aime le plus au monde. Celui de ma mère, Mapenda Fall.

— Quant à moi, lui répondis-je, mon cheval ne portera pas le nom de ma mère.

— Tu ne l'aimes donc pas ? m'interrogea aussitôt Ndiak.

— Si, mais je n'aime pas assez cet animal pour l'affubler du nom de ma mère.

— Ce sera donc un cheval sans nom, conclut Ndiak, visiblement insensible à ma pique.

Ces dernières paroles prononcées sur un ton sentencieux, Ndiak se contenta de laisser aller son cheval au pas, très près aux côtés du mien, puis, après quelques minutes de silence, tâcha de me convaincre de changer de route :

— Après la montre que nous lui avons offerte, le plus grand cadeau que nous puissions faire au roi du Kayor est d'éviter de diriger nos pas vers Pir Gourèye. C'est un village rebelle où, quand ils en ont le temps, se réfugient tous ses sujets récalcitrants. Adanson, il ne faut jamais laisser la route qui te semble la plus praticable guider tes pas ! Les pièges les plus réussis sont ceux dans lesquels on se jette soi-même de gaieté de cœur tout juste parce qu'on s'est abandonné au confort du chemin qui y conduit. D'ailleurs, dans la brousse, les prédateurs…

Lassé d'avance par le chapelet de proverbes que Ndiak menaçait d'égrainer, l'index droit en l'air, je l'interrompis pour lui demander où il voulait en venir. Il m'expliqua alors en quelques phrases que le village de Pir Gourèye était dirigé par un grand marabout qui reprochait au roi de ne pas suivre exactement les règles de l'islam. Le roi buvait de l'eau-de-vie, ne respectait pas les cinq prières quotidiennes, avait épousé beaucoup plus que quatre femmes, donnait dans les fétiches, la sorcellerie et les forces occultes de la brousse. Le plus grave pour les derniers rois du Kayor, qui s'étaient succédé jusqu'à Mam Bathio Samb, était que leurs sujets libres, quand ils craignaient d'être réduits en esclavage par des guerriers du Kayor, aussi païens que leur maître, couraient se réfugier à Pir Gourèye. Là, ils devenaient des *talibés*, des disciples du grand marabout. Et en échange de sa protection et de son enseignement des vrais préceptes de l'islam les paysans réfugiés cultivaient ses champs. Bien que l'armée du saint homme soit quasiment inexistante, il inspirait suffisamment de crainte au roi du Kayor pour que ce dernier n'ose pas attaquer le village. Se prétendant mahométan par politique, le roi n'avait pas d'autre choix que de garder la tête froide et de donner le change, comme un homme qui a le pied transpercé par une grosse épine de *sump*, le dattier du désert en wolof, mais s'efforce de marcher sans clopiner, par fierté devant ses « égaux ».

– Le mieux, ajouta Ndiak, fier de sa dernière comparaison du roi du Kayor avec un éclopé, est d'éviter d'aller à Pir Gourèye où nous serons sans doute mal reçus sachant d'où nous venons. Dirigeons-nous plutôt vers l'ouest jusqu'au village de Sassing d'où nous pourrons rejoindre Keur Damel avant de piquer au sud vers Ben au Cap-Verd, notre destination finale. Nous devons inventer notre propre route. Comme le dit un proverbe que j'invente au moment même où je le prononce – excuse du peu, Adanson ! – : « Emprunter une grande route toute tracée n'honore pas l'homme de bien, en ouvrir une nouvelle, oui. »

Ndiak ne sentit pas l'ironie avec laquelle je lui demandai d'où il tirait toute sa science. L'index pointé vers ma poitrine, il me répondit doctement que l'intelligence n'avait pas d'âge.

good advice

Malgré son manque de modestie, son conseil n'était pas mauvais. Son exposé sur les relations difficiles entre le roi du Kayor et le grand marabout de Pir Gourèye trouverait sa place dans le mémoire que je destinais à Estoupan de la Brüe. Inutile de froisser le roi du Kayor, dont Ndiak venait de me montrer, pour reprendre ses mots, l'épine qui lui martyrisait le pied.

Pris par l'envie d'avoir le dernier mot et de lui prouver que moi aussi je pouvais parler par proverbes si je le souhaitais, je finis après quelques secondes de réflexion par lui répondre que je suivrais son conseil car :

– « Les rois les plus puissants deviennent méchants quand on a l'impudence de leur montrer qu'on ne les croit pas aussi durs qu'ils souhaitent le paraître. »

Ndiak sourit tout en me répondant que j'avais raison et tort à la fois. Raison de suivre son conseil et tort de vouloir parler par proverbes comme lui car je ne maîtrisais pas assez bien la langue wolof pour ne pas m'exposer à dire des trivialités en pensant exprimer des idées célestes. Quand j'avais dit le mot « puissant » à propos des rois, j'avais voulu parler de leur omnipotence, d'un pouvoir qu'ils rêvent généralement sans limite sur leurs sujets, mais je n'avais fait qu'évoquer leur puissance sexuelle. J'avais pris un mot pour un autre. Et Ndiak, en m'expliquant mon erreur tandis que nous chevauchions côte à côte, se retenait de rire et clignait des deux paupières ensemble. Il voulait ménager ma susceptibilité. Après tout, bien que je sois blanc et roturier, il avait fini par se convaincre que j'étais son « égal ».

Je lui avais en effet donné, à la veille de notre départ de Meckhé, un aperçu de mon arbre généalogique, et je pense avoir réussi à le convaincre que mon nom de famille était dû à un lointain ancêtre écossais venu s'installer en Auvergne et dont les descendants s'étaient

109

répandus en Provence. Très attaché à la mémoire des origines familiales, Ndiak m'avait d'abord demandé qui étaient les Écossais. Quand je lui avais répondu que c'était un peuple guerrier qui avait toujours lutté contre les Anglais, leurs voisins, et que de ce fait il était naturel qu'un Adanson écossais vienne se réfugier en Auvergne sous la protection du roi de France, il m'avait regardé d'un autre œil.

D'une certaine façon, sa vision du monde avait déteint sur la mienne. C'est en présentant mon nom de famille sous un jour guerrier que je me suis rendu compte à quel point l'opinion que nous avons de nous-même tient aux contrées et aux personnes face auxquelles nous nous trouvons. J'ai découvert ainsi, en racontant ma généalogie à Ndiak, que, lorsqu'on apprend une langue étrangère, on s'imprègne dans le même élan d'une autre conception de la vie qui vaut bien la nôtre.

J'écoutai donc le conseil de Ndiak et nous quittâmes aussitôt la route de Pir Gourèye pour prendre la voie de l'ouest. Après avoir traversé plusieurs hameaux vite désertés à notre approche, au bout de trois jours de marche depuis Meckhé nous arrivâmes au village éphémère de Keur Damel. Situé à moins d'un quart de lieue des bords de l'océan Atlantique, Keur Damel, qui signifie en wolof « la maison du roi », était un village qui apparaissait ou disparaissait au gré des déplacements du roi du Kayor et de sa garde rapprochée. Le roi s'y rendait pour traiter sans intermédiaires avec les marchands européens. C'était là, sans doute, qu'il avait acheté la selle anglaise de Ndiak, peut-être contre un certain nombre d'esclaves. À la vue de cet endroit où seules quelques palissades de chaume, que le vent de l'océan avait couchées dans le sable, laissaient soupçonner une présence humaine épisodique, je fus pris de frissons.

L'air qui balayait le village fantôme n'était pas trop frais, mais j'eus froid, peut-être par contraste avec les chaleurs torrides que nous avions subies sur notre route jusqu'alors. Une grande lassitude m'envahit tandis que la fièvre me gagnait. Une gêne que j'avais commencé à ressentir à la gorge dès l'aube du même jour s'enflamma soudain comme au départ d'un feu de brousse sèche. Je regardai Ndiak près de moi sur son cheval et je crois me souvenir de lui avoir posé, la voix enrouée, une question que j'avais à l'esprit depuis que nous étions plantés là à regarder les palissades à moitié enfouies dans le sable de Keur Damel. Combien de lignées d'hommes et de femmes s'étaient évaporées à l'horizon de l'océan tout proche de ce village ? Je ne sais pas encore aujourd'hui si j'ai vraiment interrogé Ndiak. Et, si jamais je la lui ai posée, j'ai oublié sa réponse à ma question. Avant de m'écrouler de mon cheval, je revois son visage effrayé et sa main droite agrippant mon épaule pour essayer de retenir ma chute.

XIX

fiévreux et de délirant

Je me réveillai en pleine nuit dans un lieu indéterminé dont l'étrangeté me fit penser qu'il était le fruit d'un délire causé par la fièvre. Je savais que je me trouvais allongé à l'intérieur d'une case à cette odeur particulière qu'elles ont toutes : un mélange des senteurs florales de la paille de leur toit, de la terre amalgamée de bouse séchée de leurs murs et de la fumée âcre de leur foyer. Mes yeux s'étaient ouverts sur une obscurité qui n'en était pas une. Un nuage de lumière bleuâtre, translucide, presque imperceptible, me paraissait flotter au-dessus de moi. Je me figurai dans un espace intermédiaire entre l'immensité de l'Univers et notre Terre, un lieu des confins où la nuit éthérée de notre galaxie s'illumine des dernières vapeurs de l'atmosphère terrestre. S'il s'était agi des lueurs de l'aube, elles auraient crû jusqu'à envahir les lieux par quelques interstices de son toit ou de sa porte, mais, là, la lumière bleue restait égale à elle-même, irréelle, suspendue dans le ciel de la case et trop faible pour éclairer son contenu. Je demeurais immobile, clignant des yeux pour tenter de mesurer le degré d'intensité de cette lumière obscure, quand une odeur particulière, ajoutée à toutes celles que j'avais reconnues, me frappa.

Une odeur d'eau de mer mêlée d'algue fraîche m'enveloppait. Elle était agréable et sa pointe de fraîcheur salée chassa l'inquiétude qui était la mienne de me retrouver dans un lieu où l'obscurité n'en était pas une. Je crus entendre alors comme un clapotis d'eau agitée sans être certain que mon ouïe ne me trompait pas. Rassuré par la certitude qu'au moins un de mes sens n'était pas sous l'emprise d'une hallucination, et qu'ainsi j'étais encore vivant, je fermai les yeux et je m'endormis.

À mon nouveau réveil, le jour s'était frayé un chemin dans la case dont la face intérieure de la toiture était encombrée d'une forêt de calebasses de toutes tailles, aux ventres jaunâtres, accrochées je ne voyais pas comment. J'étais allongé sur une natte un peu au-dessus du sol, à plat dos et torse nu, le corps recouvert jusqu'au menton d'un lourd pagne de coton qui pourtant ne me tenait pas chaud. Un autre pagne enroulé sur lui-même me soutenait la nuque. Quoique l'état de faiblesse où je me trouvais me fasse penser que je n'avais rien mangé depuis longtemps, je me sentais bien. Je n'avais pas soif, je n'avais plus de fièvre. Le sentiment d'euphorie qui gagne les convalescents à peine leur corps ne les fait-il plus souffrir m'envahissait doucement, délassant mes bras et mes jambes que j'étirai. Soudain, la grande natte en jonc tressé qui fermait l'étroite entrée surélevée de la case fut soulevée, laissant passer un flot de lumière qui m'aveugla. Je refermai aussitôt les yeux et, quand je les rouvris, une ombre me faisait face.

Mais avant de continuer à te raconter ce qui s'est passé dans cette case, ma chère Aglaé, et qui a marqué ma vie au fer rouge, il est nécessaire que je revienne un peu en arrière pour que tu imagines mieux les détails de la situation extraordinaire dans laquelle je me trouvais. Ce que je vais t'apprendre, et qui me paraît essentiel à la compréhension des événements qui vont suivre, je ne l'ai su que trois jours après ma chute de cheval, de la bouche même de Ndiak, à la suite d'épreuves à peine concevables.

Quand nous nous retrouvâmes, Ndiak me raconta que, lorsqu'il avait tenté à Keur Damel de me retenir de tomber de mon cheval sans nom, il avait cru d'abord que j'avais été foudroyé par la mort, comme l'avait été l'un de ses jeunes oncles de retour d'une partie de chasse. Selon lui, son oncle avait été puni par un génie de la brousse parce qu'il ne s'était pas correctement acquitté des rituels de conciliation du gibier qu'il avait tué. Et s'il avait cru un temps que les forces occultes de la brousse n'avaient pas de prise sur moi parce que j'étais blanc, dès qu'il m'avait vu glisser de ma selle Ndiak avait repensé à mon crime. La veille, sur la route de Keur Damel, aux abords du village de Djoff, j'avais abattu d'un coup de fusil un oiseau sacré, perché sur un manguier. Des villageois qui avaient entendu mon tir m'auraient tué en représailles si notre petite troupe armée ne les avait tenus en respect.

Persuadé que l'esprit de l'oiseau sacré s'était vengé sur moi, ce qui prouvait que je n'étais plus tout à fait blanc à force de parler le wolof, Ndiak m'avait donc fait allonger sur le sable de Keur Damel. Pour lui, j'étais déjà mort. Il m'avait tâté le pouls à la jugulaire et au poignet par acquit de conscience et il n'avait rien senti. Il en était à se demander s'il devait me faire enterrer sur place, et selon quel rituel religieux, quand le guerrier le plus âgé de notre escorte avait sorti un petit miroir d'une de ses poches. Cet homme, d'une cinquantaine d'années, âge avancé pour un guerrier nègre du Sénégal, s'appelait Seydou Gadio Je n'avais pas jusqu'alors fait attention à lui. Il était très discret, seuls ses cheveux blancs le rendaient remarquable. Pourtant, c'était lui qui dirigeait notre voyage. Il me sauva la vie cette fois-là, pour mieux me la rendre malheureuse moins d'une semaine plus tard.

Seydou Gadio s'était agenouillé près de ma tête pour placer son miroir juste devant mon nez et ma bouche. De la buée s'était déposée sur sa surface, preuve que je respirais encore. C'était un homme expérimenté et Ndiak n'eut aucune peine à admettre, quand il me raconta ce qui m'était arrivé pendant mes deux jours d'évanouissement, qu'il s'en était remis entièrement à lui. C'était donc Seydou Gadio qui avait ordonné la construction d'un brancard avec les quelques restes de palissade enfouis dans le sable du village de Keur Damel. Et c'était toujours lui qui avait commandé aux hommes de la troupe qu'il dirigeait de se relayer pour me transporter au pas de course jusqu'au village de Ben, au Cap-Verd.

Autant Seydou Gadio que Ndiak avaient pensé préférable de me conduire à Ben au plus vite. La léthargie dans laquelle me plongeait une forte fièvre aplanissait, à leurs yeux, les difficultés d'un trajet qu'une conscience trop vive de mes souffrances aurait compliqué. D'arrêts fréquents en départs ralentis pour me ménager, j'aurais perdu mes dernières forces contre le mal qui avait remporté une première victoire sur ma personne. Me croyant vaincu, car mon souffle de vie était imperceptible, il ne s'acharnerait pas sur moi. Le climat plus frais du Cap-Verd aiderait à mon rétablissement, à la grande surprise, selon eux, de l'esprit que j'avais offensé en tuant l'oiseau sacré du village de Djoff.

Ndiak et Seydou étaient convenus de me dérober à sa vue. Pour me cacher, ils avaient recouvert tout mon corps d'un grand tissu de coton, blanc comme un linceul. Quand les porteurs de mon brancard s'arrêtaient pour se reposer, ils en soulevaient subrepticement un des bords pour humecter d'eau fraîche mon visage brûlant. Cela fait, ils rabattaient ma couverture sur moi, hochant la tête, comme s'ils déploraient ma mort. Jouant le fataliste, Ndiak m'avait raconté qu'il avait souvent soupiré à mi-voix pour être entendu du génie de l'oiseau sacré : « Que Dieu le pardonne, il était écrit là-haut qu'il devait partir sans avoir pu prendre congé de ses proches en France. »

Et c'est ainsi qu'ils avaient fait porter mon brancard au pas de course jusqu'au Cap-Verd, en évitant le plus possible les villages. Après avoir traversé à gué un bras de mer qui alimentait un lac salé dont l'eau devenait couleur rose vif quand le soleil était à son zénith, comme je l'avais observé lors de mon précédent voyage au Cap-Verd, ils avaient choisi de marcher à couvert dans la forêt de Krampsanè. C'était pour mieux tromper la mort qui me poursuivait. Et ce fut au péril de leur propre vie car cette grande forêt de dattiers et de palmiers est peuplée de lions, de panthères et de hyènes qui ont coutume d'en sortir la nuit pour aller rôder jusqu'aux abords des villages du Cap-Verd situés en bord de mer.

Au bout de près de trente heures de marche forcée, ils étaient arrivés en vue du village de Ben. C'était la pleine lune et Ndiak et Seydou Gadio avaient aperçu les silhouettes d'une hyène et d'un lion qui, côte à côte, les pattes avant posées sur le toit d'une même case, à l'orée du village, cueillaient chacun dans leur gueule des poissons qu'on y avait mis à sécher. Seydou, le vieux guerrier, avait fait signe à leur troupe de s'arrêter.

Et ils avaient patienté jusqu'à ce que les deux fauves, visiblement complices, alors qu'on les croit les plus grands ennemis du monde, regagnent la forêt à l'aube, sans leur prêter attention.

Ndiak m'avait raconté que le chef du village de Ben n'avait pas été surpris par le récit de l'étrange association d'un lion et d'une hyène volant du poisson séché. Il s'était contenté de leur répondre : « Il faut que tout le monde vive. » Il ne s'était pas non plus étonné de me voir transporté sur un brancard : « Notre guérisseuse m'a déjà annoncé que des étrangers demanderaient à la voir aujourd'hui même. Suivez-moi, je vais vous conduire à elle. »

Ndiak m'avait dit leur surprise de rebrousser chemin jusqu'à la case d'une concession située à l'entrée du village, sur le toit de laquelle séchait le poisson qu'ils avaient vu prélevé par le lion et l'hyène juste une heure avant. Cela leur avait paru, à lui et Seydou, un signe du destin, sans qu'ils sachent présager s'il était bon ou mauvais.

Comme ils se l'étaient imaginé, car le pouvoir de guérir est généralement associé dans l'esprit des hommes à une longue expérience de la vie, ils avaient été accueillis à l'entrée de la concession par une vieille femme qui, prévenant leurs explications, avait assuré qu'elle guérirait le Blanc qui gisait sur un brancard bien qu'elle déteste tous ceux de sa race. Mes deux compagnons avaient frémi car ils n'avaient pas soulevé devant elle le pagne-suaire qui me recouvrait entièrement. Comment avait-elle su que j'étais *toubab* ? Ils n'avaient pas été rassurés par les paroles qu'avait ajoutées la vieille femme : elle savait qui nous étions et que nous viendrions à sa rencontre depuis fort longtemps.

118

Ndiak m'avait avoué qu'ils n'en menaient pas large, lui et même Seydou Gadio malgré son âge et son expérience car la guérisseuse était impressionnante. Appuyée sur un long bâton recouvert de cuir rouge incrusté de cauris, elle avait le visage à moitié caché par une sorte de capuche taillée dans la peau d'un serpent d'une taille monstrueuse. Outre la capuche, la peau de serpent lui couvrait les épaules et lui tombait jusqu'aux pieds comme un manteau vivant. Striée de jaune pâle sur un fond noir de jais, la peau avait un aspect huileux et luisant. La vieille femme avait donné le sentiment à Ndiak, quand elle s'était retournée, claudicante, pour rentrer dans la case principale de sa concession où elle avait commandé qu'on m'installe, qu'elle était un être indéfinissable, mi-femme, mi-serpent. Sous ce manteau hideux, tout le corps de la guérisseuse était dissimulé dans une combinaison cousue d'une seule pièce dans un tissu couleur d'argile rouge. Et le bas de son visage, la seule partie visible d'elle, était recouvert d'un amalgame de terre séchée blanchâtre qui, craquelé aux commissures de ses lèvres, donnait à sa bouche la largeur de la gueule immonde du serpent dont la peau la couvrait. Malgré son âge avancé, trahi par son dos voûté, ses gestes étaient vifs et elle ponctuait chacune de ses paroles, prononcées à voix basse et grave, par un coup sec de son long bâton sur le sol. C'est ainsi qu'elle avait intimé l'ordre à Ndiak, Seydou Gadio et toute notre troupe de ne pas camper près de sa concession. Qu'ils aillent s'installer à l'autre bout du village, elle les ferait appeler quand je serais guéri.

Mes compagnons s'étaient exécutés, estimant que le sort de ma vie n'était plus entre leurs mains mais entre celles d'une guérisseuse dont l'apparence effrayante leur laissait croire qu'elle viendrait à bout du mauvais esprit qui me tourmentait, celui de l'oiseau sacré que j'avais tué d'un coup de fusil au village de Djoff. Ndiak m'avait avoué qu'il avait, malgré tout, beaucoup prié Dieu pour que je réchappe à la mort, sachant que si je disparaissais il devrait rendre compte à son père des véritables raisons de notre voyage à Ben. Il ne souhaitait pas que le roi ait une piètre estime de moi en apprenant que nous avions fait tout ce chemin depuis l'île de Saint-Louis pour entendre, par simple curiosité, l'histoire farfelue d'une esclave soi-disant revenue d'Amérique. Il pensait que cela me dévaluerait et que cette déconsidération rejaillirait sur lui, dont les « égaux » pourraient se moquer.

— Certes, Adanson, avait-il conclu quand il avait pu me raconter notre arrivée rocambolesque à Ben chez la guérisseuse, j'aurais pleuré ta mort comme celle d'un ami. Mais le plus dur aurait été pour moi d'avouer aux autres que j'avais secondé les entreprises d'un fou.

À ces mots, que Ndiak avait dits avec sérieux à l'ombre d'un ébénier, juste après mon sauvetage dont je parlerai plus tard, je crus comprendre que mon jeune ami travaillait déjà à devenir roi du Waalo. À l'entendre parler ainsi, je pensai qu'il n'aurait aucun scrupule à fomenter des guerres pour prendre le pouvoir contre l'ordre de succession qui voulait que ce soit un de ses neveux qui hérite du trône. Ne cherchait-il pas déjà à se parer d'un manteau de respectabilité dont je n'étais une des pièces maîtresses que parce que j'étais blanc ? Je commençais à reconsidérer la confiance que je devais avoir en lui car un homme, si jeune soit-il, lorsqu'il se lance sur le chemin qui mène au pouvoir, ne voit plus ses prochains que comme des pions à déplacer à sa guise sur un vaste échiquier. Mais je me trompais. Ndiak a été, je crois, le plus fidèle ami que j'aie jamais eu.

XX

À mon réveil définitif, après deux jours de léthargie complète, une ombre se dressait devant moi. Et quand je découvris dans le demi-jour de la case, une fois revenu de mon premier éblouissement, le bas d'un visage affreux, je crus m'évanouir à nouveau. Debout au pied de ma couche un être humain m'observait silencieux et, l'espace d'une seconde de terreur, j'avais cru qu'un boa immense s'apprêtait à se jeter sur moi, la gueule ouverte. Je me redressai brusquement sur mes coudes et demandai d'une voix faible ce qu'on me voulait. Je ne reçus pas de réponse. On m'observait, dissimulé sous une capuche en peau de serpent qui exhalait une odeur de beurre rance mêlée à celle si caractéristique de l'écorce d'eucalyptus brûlée. Je compris alors que je devais être entre les mains d'un de ces guérisseurs initiés aux mystères des plantes de leur pays dont j'avais recherché le savoir dès que j'avais su assez de wolof pour les comprendre. Si j'étais revenu à moi, c'était assurément grâce à cette personne et je n'avais pas à la craindre.

Elle demeura immobile pendant un temps qui me parut très long à me scruter sans que je puisse voir ses yeux. Je me rassurai comme je pouvais. Puis, comme prise d'une résolution irrévocable et soudaine, la personne rejeta des deux mains sa capuche sur ses épaules.

— Et vous, que voulez-vous à Maram Seck ?

Je me crus sous le coup d'une nouvelle hallucination quand m'apparut une jeune femme que je jugeai spontanément très belle malgré l'emplâtre de terre blanche qui lui enlaidissait les joues et la bouche. Épargné par cette croûte blanche qui lui servait de masque, le haut de son visage révélait la noirceur profonde de sa peau, dont le grain très fin et brillant suggérait la douceur. Ses cheveux tressés rassemblés en chignon haut, son cou long et gracile lui donnaient le port d'une reine de l'Antiquité. La forme de ses grands yeux noirs fendus en amande, soulignée par de longs cils recourbés, me rappelait celle d'un buste égyptien que j'avais vu dans le cabinet de curiosités de Bernard de Jussieu, mon maître de botanique. Ses iris, aussi profondément noirs que sa peau et qui tranchaient avec la blancheur de neige de ses prunelles, étaient posés sur moi comme sur une proie. Ils étaient absolument fixes, comme ils le sont chez les êtres humains qui ont le pouvoir de vous hypnotiser. J'étais intimidé et, tandis que je tardais à répondre à sa question, elle se pencha pour ramasser au sol, sans me quitter des yeux, un coupe-coupe qu'elle approcha de ma tête.

— Si vous ne me dites pas qui vous êtes et pourquoi vous êtes venu ici avec votre escorte, je n'hésiterai pas à vous trancher la gorge. Je n'ai pas peur de mourir.

— Mon nom est Michel Adanson, lui répondis-je aussitôt, et, puisque vous vous êtes présentée comme étant Maram Seck, je vous avoue sans détour que je suis venu à votre rencontre par curiosité. Je suis en compagnie de Ndiak, le fils du roi du Waalo, pour entendre votre histoire de revenante racontée par vous-même.

— C'est donc vous qu'il a envoyé pour me débusquer comme du gibier !

– Qui, *il* ?

– Baba Seck, mon oncle, le chef du village de Sor.

– N'est-il pas naturel qu'il s'inquiète de votre sort ?

– Il s'inquiète moins pour moi que pour lui-même.

– Que voulez-vous dire ?

Jugeant que je devais être sincère, Maram Seck posa à terre le coupe-coupe dont elle me menaçait jusqu'alors avant de poursuivre :

– Baba Seck est un misérable. C'est à lui que je dois le malheur de me cacher loin de Sor sous ce déguisement de vieille guérisseuse...

Elle s'arrêta de parler, sans doute parce qu'elle avait dit ces derniers mots la voix tremblante et qu'elle était de ces personnes qui n'aiment pas pleurer devant les autres par fierté. Peut-être aussi parce qu'il lui paraissait nécessaire de savoir les liens que j'entretenais avec Baba Seck.

his ties to Baba Seck

Devinant qu'il fallait que je la rassure pour qu'elle commence à me raconter son histoire, je lui précisai ce que son oncle m'avait raconté sur sa disparition inexpliquée de Sor, les démarches qu'il avait entreprises jusqu'au fort de l'île de Saint-Louis pour la retrouver, les messagers qu'il avait envoyés dans les villages des alentours pour savoir si ses ravisseurs y avaient été aperçus. Car on ne doutait pas à Sor qu'elle avait été enlevée par des inconnus et vendue à des négriers. J'ajoutai que Baba Seck, la nuit où il m'avait parlé d'elle, m'avait dit que, peu de jours auparavant, un homme nommé Senghane Faye était venu du village de Ben pour annoncer qu'elle s'y trouvait, revenue vivante des Amériques, mais avait interdit à quiconque de Sor d'essayer de la revoir.

Tandis que je finissais en lui expliquant que le récit de son oncle m'avait tant intrigué que j'avais décidé *decided to perce son mystère*

de venir à pied depuis l'île de Saint-Louis jusqu'au village de Ben au Cap-Verd pour percer son mystère, elle avait paru se détendre. Et pour me soulager de la position inconfortable dans laquelle je me trouvais car j'étais encore allongé, dressé sur mes coudes, elle avait avancé un tabouret en bois sculpté pour s'asseoir près de mon lit. Je pus ainsi poser ma tête sur la pièce de tissu roulé qui me servait d'oreiller sans la perdre de vue. Elle baissait les yeux vers moi de temps en temps, si proche que je pouvais sentir son odeur florale percer sous celle, aigre, du beurre de karité et de l'écorce brûlée d'eucalyptus que dégageait la peau de serpent jetée sur ses épaules.

Maram Seck me demanda soudain, alors que le silence s'était installé entre nous et que nous n'osions plus trop nous entre-regarder, s'il était possible qu'un homme blanc, issu de la race des maîtres de la mer, fasse un si long chemin à pied par simple curiosité pour elle. Je lui répondis que je n'étais pas là seulement pour elle, mais pour découvrir de nouvelles plantes et observer les animaux de la brousse depuis l'île de Saint-Louis jusqu'au Cap-Verd. Mon travail était de décompter les plantes, les arbres, les coquillages, les animaux terrestres et marins afin de les décrire très précisément dans des livres où d'autres hommes et femmes de France pourraient s'instruire à distance sur ce que j'avais vu sur place, au Sénégal. Si elle n'avait pas existé, je n'aurais pas, de toutes les façons, fait ce voyage pour rien, j'aurais accru mon savoir sur le monde des plantes, des arbres et des animaux de son pays.

— Et donc, me répondit Maram Seck, vous vous trouvez différent des gens de la Concession du Sénégal qui traitent de l'ivoire, de l'or, de la gomme arabique, du cuir et des esclaves ?

thérapeutique

Trop heureux de me présenter comme un homme exceptionnel, je lui répondis que je n'avais rien à voir avec les gens de la Concession du Sénégal et que si je leur étais associé, ce n'était que pour la forme. Je n'étais au Sénégal que pour observer sa faune et sa flore.

– Mais, me rétorqua-t-elle, ignorez-vous que la Concession compte très certainement tirer profit de vos observations ? Soit vous êtes naïf, soit vous êtes de mauvaise foi.

Ses dernières paroles m'effrayèrent plus encore que son coupe-coupe. Je commençais à être préoccupé par l'estime qu'elle pouvait me porter. Je me lançai donc dans des explications sur le caractère particulier de mon travail au Sénégal, d'autant plus hésitantes que je ne souhaitais pas qu'elles apparaissent comme la marque d'un défaut de modestie chez moi. Se dire différent des autres, c'est vouloir se distinguer, et je sentais confusément que pour être à la hauteur de la noblesse d'âme que je pressentais chez mon interlocutrice, et gagner peut-être son affection, il fallait que je me surveille. Cela m'était d'autant plus difficile que je m'exprimais en wolof, langue dont j'aurais voulu à ce moment-là maîtriser toutes les nuances pour apparaître sous mon meilleur jour, et que j'étais encore harassé par les séquelles de ma fièvre.

Maram Seck me laissa un moment me perdre dans des explications confuses où je jouais le faux modeste tout en me prévalant d'un rôle distinct de ceux des autres Français du Sénégal, quand, voyant peut-être mes traits se creuser et la fatigue me regagner, elle se leva brusquement, interrompant sans façon mon petit discours sous-tendu par l'amour naissant qu'elle m'inspirait.

Elle partit dans un coin sombre de la case dont je ne pouvais rien apercevoir d'où j'étais et revint presque aussitôt s'asseoir près de moi, une petite calebasse, en forme d'écuelle à manche recourbé, à la main. Elle me la tendit et je bus lentement son contenu, mélange de lait caillé de vache et de poudre du fruit du baobab, appelé pain de singe, dont le goût acidulé me désaltéra mieux que ne l'aurait fait de l'eau et qui me nourrit aussi bien que du pain. Ce devait être aussi un remède efficace car je sentis mes forces revenir plus rapidement que je ne l'aurais cru possible. Ensuite, après avoir complètement remis sur ses épaules la peau de serpent et caché à nouveau la moitié de son visage sous sa capuche noire striée de jaune pâle, elle m'aida à me lever et soutint ma marche hors de la case.

Nous étions au mois de septembre, près de la fin de la saison des pluies. Le ciel était chargé de gros nuages dont la couleur, proche de celle de la peau d'aubergine, s'assombrissait de proche en proche, comme si, grâce au vent qui les portait, ils avaient avalé toute la poussière rouge des sols du Cap-Verd pour la restituer plus tard, sous des trombes d'eau.

Maram Seck me guida vers un coin dans la cour de sa concession entouré par des palissades à hauteur d'homme. Là se trouvait une grande jarre brun patiné au col très évasé où flottait une écuelle en bois dont elle me fit signe que je pouvais me servir pour me laver. Un petit savon noir, constitué d'un mélange de cendre et d'une pâte durcie sentant la feuille d'eucalyptus, était posé sur un bouchon de paille tendre de la taille d'une paume de main. Maram m'aida à ôter ma chemise, qu'elle jeta du bout des doigts dans une calebasse remplie d'eau près de nous. Elle me donnerait un habit propre et sec à mon retour à la case, où elle m'attendrait.

Le ciel menaçait de crever et, sachant, pour l'avoir lu avant mon voyage au Sénégal, que les eaux de pluie

126

les habits sale
Très sale

étaient porteuses de miasmes, je ne traînai pas à me laver. Ma toilette fut soignée, ainsi que le lavage de ma chemise, de ma culotte et de mes bas. Voyant la couleur de l'eau de la calebasse où j'avais frotté mes habits avec du savon prendre la teinte aubergine du ciel d'orage qui courait à nous, je compris le dégoût de Maram et j'en éprouvai de la honte. Une fois propre, et mes habits me paraissant se rapprocher un peu de leur couleur originelle au bout de cinq lavages, je les accrochai sur le haut de la palissade qui protégeait cet endroit des regards indiscrets. Le vent se levait. J'eus tout juste le temps de me couvrir d'un pagne que Maram m'avait laissé avant de courir jusqu'à la case où elle m'attendait. La natte en jonc tressé en fermant l'entrée était relevée. Ainsi à l'abri, je me retournai pour regarder le spectacle de la tornade.

Je vis d'abord des chutes d'eau rouge sang dévaler du ciel. Si les nuages étaient aubergine, c'était parce qu'ils avaient absorbé toute la poussière du sol soulevée par le vent. C'était cette première pluie qui était dangereuse pour la santé. Une fois passé cette cataracte impure, se déversait sur la terre de l'eau propre et potable. Et c'est ainsi que, dans les villages du Sénégal, toutes les jarres fermées d'un couvercle sont ouvertes à cette pluie bienfaisante quelque temps après le début de l'orage.

Quand j'étais revenu à la case, Maram se préparait à en sortir tête nue, simplement revêtue d'un pagne passé sous ses aisselles pour courir de jarre en jarre, de canari en canari, leur ôter leur couvercle. Je la vis disparaître derrière une des cases de sa concession, sans doute affairée à ouvrir à la bonne pluie tous les récipients possibles. Je fus d'abord étonné de la voir sortir sans son déguisement habituel de vieille guérisseuse, puis

large clay
water pot

j'imaginai qu'elle ne craignait pas d'être surprise à ce moment-là de l'orage par des villageois qui devaient être occupés, comme elle, à recueillir l'eau du ciel.

Je laissai l'entrée de la case ouverte et je rejoignis mon lit que Maram avait débarrassé des tissus et des pagnes salis par ma sueur fébrile et remplacés par des propres. Un petit pot en terre ocre percé de trous en forme de triangles, de demi-lunes et de carrés minuscules laissait passer la fumée d'un encens qui parfumait l'air d'une odeur lourde et capiteuse de musc, mêlée à celle de l'écorce d'eucalyptus. À droite de l'entrée de la case était posé sur le sol un grand baquet en bois cerclé de métal que je n'avais pas vu jusqu'alors. Je retournais sur mes pas lorsque je crus entendre provenir de lui le même clapotis que celui qui m'avait rappelé à la conscience la nuit précédente. Après avoir déplacé son couvercle, une sorte de grand éventail rond en jonc tressé, je trempai mon index dans l'eau et le retirai précipitamment quand je vis sa surface s'agiter. Je léchai mon doigt : il avait le goût du sel. Je compris que le baquet devait abriter un ou deux poissons de mer, dont les clapotis m'avaient indiqué les déplacements. J'en fus étonné, mais je me dis que Maram sans doute les élevait pour sa pratique de guérisseuse.

Je retournai à ma couche, où je trouvai une grande culotte de coton blanc et une longue chemise ouverte sur les côtés que Maram m'avait destinées. La chemise était en indienne et je fus frappé par ses jolis motifs d'impression. Décorée de crabes violets et de poissons jaunes et bleus, elle était parsemée de coquillages roses cachés chacun dans un bouquet d'algues vert pâle, le tout sur un fond blanc immaculé. Je fus sensible à l'attention de Maram, qui m'avait donné des habits visiblement neufs, et je songeai que j'aurais bien aimé me raser de

128

frais pour me présenter à elle sous mon meilleur jour.
En passant la main sur mes joues, je sentais une barbe
de trois jours dont la couleur rousse, comme celle de
mes cheveux, ne devait pas m'avantager. Mais mon
nécessaire de toilette se trouvait hors de portée. Maram
m'avait expliqué que mes malles étaient à l'autre bout
du village de Ben, sous la garde de Ndiak. Je ne pouvais
ni les récupérer ni avertir mes compagnons de voyage de
ma guérison, tant la pluie de l'orage restait forte. Je pris
donc le parti de me recoucher pour continuer à réparer
mes forces en attendant le retour de Maram.

J'étais sur le point de m'endormir en pensant qu'il
me tardait qu'elle revienne pour entendre la suite de son
histoire quand j'entendis à ma gauche, derrière le mur
où était appuyé mon lit, le raclement du couvercle d'une
jarre que Maram venait sans doute d'ouvrir à la pluie.
Curieux de la voir, je me mis debout sur ma couche et,
sur la pointe des pieds, je pus glisser mon regard à la
jonction du bas du toit de chaume et du haut du mur
de la case. Ce que je découvris par cet interstice me fit
frémir.

J'avais failli entrer dans les ordres dans ma prime jeunesse, quelques années avant mon voyage au Sénégal,
et, fervent catholique, j'attachais à la pudeur la grande
vertu de nous garder de commettre trop souvent le péché
de chair. Mais, malgré les principes de mon éducation
religieuse, malgré mon désir de m'arracher à ce spectacle horriblement dangereux et beau à la fois, je ne pus
détacher mes yeux de Maram Seck, entièrement nue,
occupée à découvrir un à un tous les récipients qu'elle
espérait que la pluie remplirait d'eau. Elle s'était débar-
rassée du pagne qui, détrempé, devait la gêner dans ses
mouvements et déambulait ainsi libre et belle dans sa
totale nudité comme une Ève noire que Dieu n'aurait

129

pas encore chassée du paradis. La pluie l'avait lavée de la terre blanchâtre qui dénaturait son visage, révélant de hautes pommettes et des fossettes presque imperceptibles sur ses joues, même quand elle ne souriait pas. Ses seins gonflés de vie semblaient polis par un sculpteur et la finesse de sa taille rendait plus évidente encore la splendide rondeur du bas de son dos et du haut de ses cuisses. Ne se sachant pas épiée par moi, ses gestes étaient d'une grande liberté et rien de son anatomie n'échappa à mon regard, si bien qu'il me sembla, bien qu'elle soit une femme achevée, qu'elle ne portait nulle part aucune trace de pilosité.

Le spectacle qu'elle m'offrit à son corps défendant passa sans doute très vite avant qu'elle ne s'éloigne vers un autre endroit de la cour de sa concession. Mais le peu de temps qu'il dura, je me reprochai cent fois de ne pas avoir assez de volonté pour détacher mes yeux de toutes les beautés de Maram Seck. Et je me recouchai ainsi, malade de désir et de honte à la fois, d'avoir abusé d'elle par le regard et la pensée sans qu'elle se soit doutée que je l'épiais courant nue sous une pluie providentielle.

XXI

Maram ne revint dans la case que lorsque la pluie cessa. Elle avait revêtu un habit de coton blanc et sentait l'herbe fraîchement coupée. Je n'osais rien lui dire, honteux de l'avoir surprise dans sa nudité, me promettant de lui demander pardon sous un faux prétexte afin qu'elle me l'accorde pour la forme, sans en connaître la raison véritable.

À présent que je suis un vieil homme, j'estime que la faute que je me reprochais n'était pas grande. N'est-il pas absurde d'associer des jugements moraux à des élans naturels ? Mais je dois reconnaître que c'est ma religion qui m'a gardé d'offenser Maram Seck. Si je lui avais fait des avances, j'aurais sans doute perdu la confiance qui l'entraînait à me raconter son histoire. Un jour, si le monde dans lequel nous vivions nous en avait donné la chance, je lui aurais demandé de m'épouser. Et si elle avait accepté, je l'aurais connue, comme la nature nous y invite quand un homme aime une femme et une femme un homme.

Maram et moi, nous nous assîmes en tailleur face à face sur le lit d'où je l'avais espionnée moins d'une heure auparavant. Elle était tout près de moi, j'aurais pu la toucher en tendant les bras. Ses grands yeux étaient attachés aux miens, ils étaient remplis d'une candeur qui me serrait le cœur. J'aurais voulu l'étreindre contre ma poitrine. Tous ses mouvements, à la fois vifs et doux, dégageaient un charme gracile qui me fascinait. Il faisait encore jour dans la case et je remarquai que les paumes de ses mains, qu'elle agitait doucement quand elle s'animait, étaient décorées de dessins géométriques. Des cercles, des triangles, des points d'une couleur ocre foncé étaient incrustés dans sa peau grâce au henné, une plante que j'ai décrite dans un de mes mémoires. Il me semblait que ces signes racontaient son histoire dans une écriture inconnue qu'elle seule savait déchiffrer, comme ces bohémiennes diseuses de bonne aventure qui voient résumées des vies entières au creux des mains de leurs victimes.

— Si je vous ai dévoilé ma personne véritable et décidé de ne rien vous cacher de moi, reprit Maram d'une voix douce, c'est que j'ai pensé que je pouvais vous faire confiance. Vous me semblez différent des autres hommes, autant ceux de ma race que de la vôtre.

Ses premiers mots m'avaient fait rougir. Elle ne croyait pas si mal dire.

— La beauté d'une femme peut être une malédiction, poursuivit-elle. À peine suis-je sortie de l'enfance qu'elle m'a valu tous les malheurs qui m'ont conduite jusqu'ici, dans cette case, au village de Ben.

Un jour, je ne saurais dire lequel, mon oncle, le frère aîné de ma mère, qui me tenait lieu de père depuis la disparition de mes parents, ne m'a plus vue comme une enfant. Peu à peu il m'a semblé qu'il ne regardait plus que moi, au milieu de ses propres enfants, quand nous venions le saluer le matin devant sa case. Au début, j'étais fière de l'attention qu'il me portait et je m'efforçais de la mériter en étant la plus gracieuse possible. Je me disais que j'avais de la chance d'avoir été recueillie chez lui.

Mais bientôt son regard m'intrigua. Il me poursuivait partout dans la concession avec tant d'insistance que j'avais le sentiment désagréable qu'il m'agrippait les cheveux, me retenait en arrière par les épaules, lacérait mes habits, me dévorait. J'essayais autant que possible de me soustraire à sa vue. C'était peine perdue. Je me sentais comme une gazelle qui, malgré des sauts inimaginables et des courses imprévisibles, ne parvient pas à semer le fauve qui la talonne.

J'ai compris très vite que j'étais à la merci de mon oncle, prisonnière d'un désir d'homme alors que je n'étais qu'une enfant. Épuisée par la menace continue d'une catastrophe que je ne méritais pas, je décidai de veiller à placer le plus de distance possible entre nous. Je m'échappai ainsi très souvent de la concession de mon oncle, et même du village, pour ne pas me retrouver seule en sa présence. Bientôt je passai le plus clair de ma journée dans la brousse environnant Sor.

Mon oncle Baba Seck et son épouse toléraient pour des raisons différentes mes escapades. Elle, parce qu'elle devait sentir que je devenais sa rivale et que je lui faisais horreur malgré mon innocence. Lui, parce qu'il prévoyait sans doute d'abuser de moi dans un coin de la brousse, à l'abri des regards. Mes cousines et cousins, plus jeunes, s'étonnaient du privilège que j'avais de courir hors des limites de notre village et d'être exempte des tâches ménagères qui leur pesaient. Le seul travail domestique dont j'eus bientôt la charge exclusive fut de rapporter, avant la nuit, un petit fagot de bois sec destiné à allumer le foyer du repas du soir.

Au début, la brousse m'effrayait autant que mon oncle, mais elle est finalement devenue mon refuge, ma famille. À force de la parcourir en tous sens, de l'observer, d'épier les animaux qui la peuplent, autant que je l'étais d'eux, j'ai appris les vertus de nombreuses plantes. La plupart des connaissances qui me servent aujourd'hui dans mon rôle de guérisseuse, ici au village de Ben, me viennent de ces trois années où je ne rejoignais qu'au crépuscule la concession de mon oncle, invariablement chargée de mon petit fagot pour la cuisine.

Les villageois de Sor ont d'abord trouvé étrange ma façon de vivre. Puis elle leur est devenue familière. Toutes celles et tous ceux que je croisais, le matin, en route pour leur *lougan*, leur champ, aux alentours du village, me saluaient avec cordialité. Je n'étais encore qu'une enfant, mais beaucoup ont commencé à me demander de leur rapporter des herbes ou des fleurs dont ils m'expliquaient rapidement les vertus pour soigner tel ou tel mal en particulier, soit qu'ils les avaient remarquées eux-mêmes, soit que leurs parents les leur avaient enseignées. Et bientôt, rassemblant tous ces savoirs épars qu'ils me communiquaient volontiers, je devins très savante.

Je gagnai une certaine célébrité quand je réussis à soigner une de mes cousines, qui, bien qu'elle ait conservé un grand appétit, dépérissait à vue d'œil. Déjà, dans le village, on disait qu'elle était dévorée de l'intérieur par un sorcier, par un *dëmm* qui voulait du mal à sa famille. Déjà certains imaginaient, du moins je le crois, que je pouvais être cette sorcière malveillante, quand je décidai d'essayer de guérir Sagar pour que cette rumeur, qui commençait à m'atteindre, n'enfle pas.

Je dois mon succès à la chance que j'avais de pouvoir observer les animaux de la brousse sans qu'ils se soucient trop de moi. Ils s'étaient habitués à ma présence discrète, j'étais entrée dans leur monde sans faire de bruit.

134

J'avais surpris un jour un petit singe vert, détaché de son clan, qui m'avait semblé malade tant il était maigre, se remplir la gueule, à s'en étouffer, des racines d'un arbrisseau qu'il avait patiemment déterrées puis longuement mâchées. Intriguée, je l'avais suivi de loin et, un peu plus tard, je l'avais observé se soulager en poussant de petits cris de douleur puis de satisfaction quand il s'était retourné pour voir ce qu'il avait expulsé. C'était un très long ver, au milieu de quelques dizaines d'autres tout petits qui s'agitaient dans ses déjections, et que je pus observer une fois le singe éloigné. J'en avais conclu que ce qui était bon pour cet animal devait l'être pour les humains atteints du même mal. Et c'est ainsi qu'imaginant ma cousine Sagar attaquée par des vers tant elle était amaigrie malgré tout ce qu'elle mangeait, je préparai à tout hasard une décoction de cette racine que je lui demandai de boire. Elle fut bientôt libérée de ces hôtes qui détournaient à leur profit toute la nourriture qu'elle absorbait.

De ce haut fait naquit ma réputation de guérisseuse, et mon oncle, en tant que chef du village, se félicita publiquement que nous n'ayons plus besoin d'aller nous faire soigner ailleurs que chez nous. Le guérisseur d'un village assez lointain exigeait en effet de trop nombreux cadeaux en nature pour prix de son travail. Quant à moi, heureuse d'arriver à soigner presque à tous les coups ceux qui me le demandaient, je ne recevais que ce qu'ils m'offraient volontiers.

Mon oncle Baba Seck se réjouissait aussi de voir se justifier le traitement de faveur qui était le mien d'errer dans la brousse autour de Sor alors que cela était interdit aux autres enfants. Je lui cédais les dons en nature de mes patients : des poulets, des œufs, du mil et parfois même des moutons. Il aurait pu continuer de profiter de la richesse que je lui rapportais par mon savoir et consolider un peu plus sa position de chef de village grâce à moi, mais il n'a pas réussi à dompter le démon qui le possédait de vouloir jouir de moi alors que j'étais sa nièce, un enfant parmi tous les siens.

Il est vrai qu'au bout de trois années de semi-liberté j'avais tellement grandi que les prémices de mon corps de jeune femme, décelées par mon oncle le premier, avaient éclos. Quand je le croisais, il me regardait désormais avec une insistance féroce, un désir brûlant, mais je croyais voir aussi dans ses yeux comme un désarroi profond, les remords d'un homme luttant contre lui-même, sans repos, sans espoir de guérir de sa maladie d'amour pour moi.

Que je ressente de la pitié pour mon oncle a dû attiser la colère de mon *faru rab*, de mon génie-époux, qui a sans doute décidé, avant que la terre de Sor ne soit souillée par un crime d'inceste, que je devais quitter mon village natal. Peut-être aussi mes fréquents séjours dans la brousse avaient-ils excité la jalousie d'un génie femelle dont les pouvoirs surpassaient ceux de mon *rab*. Quelle qu'en soit la raison occulte, la brousse qui avait été jusqu'alors mon refuge m'est brutalement devenue hostile.

Moi qui ne m'étais jamais laissé surprendre par aucune bête, aucun animal rampant, courant ou volant depuis tant d'années, moi que les moineaux à gorge blanche ou que les huppettes cendrées avertissaient du moindre danger, moi qui étais rompue à toutes les astuces des proies pour échapper à leurs prédateurs, je ne le vis que quand il était déjà à quelques pas de moi. Trop tard.

Mon oncle m'attrapa et me serra dans ses bras. C'est un homme grand et fort et je n'étais pas de taille à lui résister. Les yeux égarés, il me chuchotait à l'oreille, comme s'il avait peur d'être entendu dans cet endroit désert par une autre personne que moi : « Maram, Maram, depuis tout ce temps tu sais ce que je veux, tu le sais. Faisons-le juste une fois, une fois seulement. Personne ne le saura. Je te trouverai après un bon mari… Sois gentille, juste une fois ! »

Je savais ce que mon oncle voulait et moi je ne le voulais pas. Un jour, j'avais surpris, à l'abri d'un taillis, un jeune villageois avec sa femme qui était venue lui apporter à manger dans son champ. Ils ne m'avaient pas vue tandis que je les épiais cachée derrière un arbre pendant leur danse frénétique et joyeuse, tantôt lui sur elle, tantôt elle sur lui. Ils avaient eu l'air heureux. Je les avais entendus gémir et même crier de joie à la fin.

Moi, prisonnière des bras puissants de mon oncle, je gémissais de terreur. Il était impossible que je fasse cette chose avec lui. Nous avions le même sang, nous portions le même nom. S'il arrivait ce qu'il désirait, nous serions perdus, lui, moi, le village de Sor dont les champs et les puits péricliteraient, irrémédiablement souillés par notre acte impur. Il n'était pas dans l'ordre du monde qu'il fasse de moi sa femme.

Je me débattais, mais mon oncle avait réussi à me jeter au sol et pesait de tout son poids sur moi. Il puait le bois brûlé, la fièvre et la férocité. La sueur âcre qui dégouttait de son front tombait sur mes yeux, ma bouche. Je lui criais que c'était à lui de me donner un époux et non pas de le devenir. Je l'appelais papa pour qu'il revienne à lui. J'essayais de lui rappeler le nom de ma mère, Faty Seck sa petite sœur, et de mon père son cousin, Bocum Seck. Je lui criais les noms de ses enfants, Galaye, Ndiogou, Sagar et Fama Seck, pour qu'il se souvienne que j'étais une des leurs,

137

Mais il n'était plus lui-même. Il ne voyait plus rien, ne comprenait plus qui j'étais. Il me voulait, sur-le-champ, à tout prix. Me pénétrer.

Il avait déjà arraché le pagne qui me couvrait et tentait d'écarter mes cuisses quand un éclat de rire jailli de la brousse, non loin du bouquet d'arbres où nous étions, l'arrêta net.

Chaque langue produit une façon de rire particulière. Celle dont elle provenait m'était inconnue et, bien qu'il ait fait lâcher prise à mon oncle, je continuai de trembler de frayeur. Mon rab, mon génie protecteur, s'était peut-être matérialisé en quelque être situé entre l'humain et l'inhumain pour me sauver de la situation désespérée où j'étais. Si mon rab s'était dissocié de moi au point de ne plus pouvoir réintégrer mon corps, je risquais de perdre la raison. Je n'avais pu survivre dans la brousse que grâce à lui. Je devinais sa présence dans mes rêves, sous des formes humaines ou animales différentes, sans pouvoir le rattacher précisément à l'une d'entre elles, sans pouvoir encore, à cette époque-là, le reconnaître.

Toutefois, celui qui m'avait sauvé du désir monstrueux de mon oncle n'était pas un avatar de mon rab, mais un homme blanc comme vous, Adanson. Entouré de deux guerriers noirs, il s'était approché de nous, éclatant à nouveau d'un rire saccadé et suraigu, un peu comme celui d'une jeune hyène. Plus grand que vous, il portait un fusil, ainsi que ses deux compagnons. Ils devaient chasser dans la brousse de Sor et sans doute mon rab avait guidé leurs pas pour me sauver une première fois. Mais je n'allais pas tarder à découvrir que mon rab avait substitué un grand mal à un autre.

Mon oncle s'était remis debout et tandis que je me relevais à mon tour, cherchant à attraper mon pagne pour couvrir ma nudité, le Blanc avait cessé de rire. Il me regardait me rhabiller de tout son être, avide, à l'arrêt. Il portait un chapeau dont le large bord jetait de l'ombre sur une partie de son visage. Ses yeux brillaient. Je n'avais pas rencontré beaucoup de Blancs dans ma vie, deux tout au plus, et de très loin, des hommes venus de l'île de Saint-Louis pour chasser aux alentours de notre village. Lui était singulier et terrifiant. La peau de son visage était creusée d'innombrables petits trous et de taches comme celles que l'on voit sur la face pleine de la lune lorsqu'elle monte à l'horizon, au seuil du ciel. Les ailes de son nez étaient boursouflées, striées de petites crevasses violacées, et ses lèvres rouges, épaisses, laissaient voir de mauvaises dents piquetées de points noirs.

Sans me quitter des yeux, il se mit à parler dans votre langue si caractéristique où il est inutile de trop ouvrir la bouche pour la prononcer. Un pépiement d'oiseau. Un de ses deux compagnons noirs traduisait ses paroles en wolof et j'appris que, sans même s'intéresser à qui nous étions, d'où nous venions, comment nous nous nommions, l'homme blanc voulait m'acheter comme esclave à mon oncle.

Malgré tout, mon oncle Baba Seck parvenait encore à m'inspirer de la pitié. Il était abattu. Il se tenait comme un enfant piteux surpris en plein larcin. Alors que, d'ordinaire, il en imposait par sa prestance, je voyais à mes côtés, face au Blanc et ses deux gardes noirs, un homme humilié. Tête basse, il n'en finissait pas de rattacher les cordons de sa culotte, incapable de refuser les mauvaises conditions qui lui étaient dictées pour me vendre. Il avait été surpris dans une situation on ne peut plus atroce pour un père, un chef de famille et de village. Mais, plutôt que de choisir de mourir à cet instant, de choisir une issue honorable, j'ai vu qu'il s'était déjà résigné à continuer de vivre malgré le poison du crime

139

qui coulerait pour toujours dans ses veines. La pitié m'a
bientôt quittée quand j'ai compris qu'il me sacrifierait
à sa petite vie de chef. On aurait dit même qu'il était
soulagé que le destin lui ait offert une occasion d'effacer
de sa vue et de sa vie sa nièce, sa tentation, sa honte.

Maram s'était arrêtée de parler et m'observait comme
si elle essayait de juger de l'effet de ses paroles sur
moi. Elle n'avait aucune peine sans doute à voir mon
trouble extrême. Je croyais connaître son oncle Baba
Seck et je découvrais qu'il était différent de l'homme
que j'imaginais. Je n'aurais jamais cru, pour l'avoir
souvent rencontré, qu'il avait ainsi causé la perte de sa
nièce. Il continuait de vivre souriant, comme si de rien
n'était, à l'abri d'une respectabilité de façade qui pouvait s'écrouler du jour au lendemain si son crime venait
à être connu. Était-il parvenu à se dissocier de lui-même,
et, comme beaucoup d'êtres humains, à construire un
mur entre deux parts distinctes de son âme, l'une lumineuse, l'autre obscure ? Éprouvait-il des remords ou
avait-il réussi à trouver un moyen de se désolidariser
de l'acte qui avait perdu Maram ?

J'imaginais que Baba Seck m'avait raconté l'histoire
inventée de la disparition de sa nièce dans un but précis. N'avait-il pas cherché à exciter ma curiosité pour
m'envoyer en éclaireur débusquer Maram comme du
gibier et l'aider, d'une façon que j'ignorais encore, à se
débarrasser d'elle ? Il devait avoir tremblé au récit que
lui avait fait Senghane Faye, l'envoyé de Maram, qui
voulait savoir si on avait déjà organisé ses funérailles
à Sor, et qui exigeait que personne ne vienne la voir
au village de Ben. Ne le menaçait-elle pas ainsi, en
sous-main, de dénoncer son crime ? Maram avait dû
faire dire tout cela à son messager pour torturer son

Elle est intelligent, un peu maligne

oncle qui croyait s'être à jamais débarrassé d'elle en la vendant à un Blanc.

Un autre fait me troublait qui compliquerait certainement le probable plan de vengeance qu'elle avait imaginé contre Baba Seck. Je ne doutais plus que l'homme blanc à la peau vérolée dont elle avait fait la description était le directeur de la Concession du Sénégal, Estoupan de la Brüe. Ainsi, ma présence auprès d'elle exposait Maram à un danger dont elle n'imaginait pas le quart de la gravité.

XXII

Pendant que je réfléchissais, Maram avait repris son souffle. La nuit avait soudain envahi sa grande case. Au Sénégal, le crépuscule que nous connaissons en Europe n'existe pas : le passage du jour à la nuit n'est pas lent comme sous nos latitudes, mais brutal. Maram ne fit rien pour nous donner de la lumière et je jugeai qu'elle avait raison. Ce qu'elle avait à me révéler, comme l'annonçait le début de son histoire, ne pouvait être raconté que dans une obscurité protectrice et non pas sous une lumière trop crue qui aurait rendu plus insoutenable encore l'affreux spectacle des plaies de son existence.

– Mon oncle Baba Seck m'a vendue à un Blanc contre un simple fusil. Il fallait que je disparaisse pour qu'il soit assuré de conserver sa vie d'avant. J'eus beau me jeter à ses pieds et le supplier de ne pas me vendre, l'assurer que je ne dirais rien à personne au village, il se détournait de moi avec horreur comme si j'étais devenue pour lui un objet de dégoût. Je me retins de crier qu'il était mon oncle devant les deux gardes noirs qui accompagnaient mon acheteur blanc et qui auraient pu lui traduire mes plaintes. Je ne voulais pas qu'il soit dit que Baba Seck avait tenté d'abuser de sa propre nièce. Cela aurait ajouté de la honte à la honte.

Mon oncle, qui avait hâte de me céder au Blanc avant que ne soit révélée toute l'étendue de son crime, a saisi le fusil tendu par un des deux gardes et s'est enfui sans me jeter un regard. Mais j'ai plus d'honneur que lui. Jamais le Blanc et ses deux acolytes n'ont su que je leur avais été vendue contre un fusil par le propre frère de ma mère. C'était la seule chose qui m'importait alors dans le chaos, le désastre où j'avais été entraînée par mon oncle. Autour de moi et à l'intérieur de moi-même, le monde s'effondrait, mais je sauvais l'honneur de ma famille.

Mes ravisseurs souhaitaient quitter discrètement les environs de Sor. Il leur fallait donc gagner le fleuve, où une pirogue nous attendait accrochée aux racines d'un palétuvier, au prix d'un large détour. Durant notre longue marche sous le couvert de la forêt, j'aurais pu essayer de m'enfuir, de crier, de demander du secours à mon *rab*, à tous les génies de la brousse, pour qu'ils m'aident à retrouver ma liberté, prête à m'engager en pensée à me marier à l'un d'eux, quitte à devenir sté-rile et ne jamais pouvoir fonder une famille humaine. Mais rien de cela n'arriva : je n'avais ni la force ni la volonté de fuir. J'étais anéantie par le malheur qui s'était abattu sur moi. Mes jambes flageolaient et me portaient à peine. J'avais mal aux épaules, au dos, à la nuque, et j'avançais sans rien voir autour de moi, pleurant, suf-foquant de chagrin et de désespoir.

Dissimulée sous un filet de pêcheur, à même le fond de la pirogue où les trois hommes m'avaient jetée avant de nous lancer sur le fleuve, je m'endormis soudain, malgré l'eau croupie dans laquelle la moitié de mon visage baignait. Et, dans un rêve subit, où toute la brousse dégouttait de sang, j'aperçus mon *faru rab* drapé dans un pagne noir et jaune qui agitait la main dans ma direction, comme pour me dire : « Reviens, reviens ! »

C'était un bel homme, grand et très fort, à la peau luisante, qui pleurait alors que, tout autour de lui, la végétation était rouge, comme si l'écorce des arbres et des plantes était ensanglantée par le sacrifice de milliers d'animaux dont les corps avaient disparu, emportés par des djinns. Mon *rab* ne me cachait pas ses pleurs, me criait qu'il m'aimait et qu'il aurait dû bien mieux me garder pour lui. Il me demandait pardon de ne pas m'avoir protégée ce jour-là aussi bien que durant les trois années où nous avions été heureux ensemble. Puis, toujours prisonnière de mon rêve, j'eus l'impression qu'il s'effondrait très lentement sur lui-même. Sa bouche commença à s'élargir démesurément, ses yeux à jaunir, sa tête à s'aplatir et devenir triangulaire. Le pagne qui l'enveloppait s'incrustait dans sa peau. Il s'enroulait sur lui-même, la tête dressée, le regard toujours fixé sur moi. Mon *rab*, mon génie protecteur, était un énorme boa. Ainsi, il s'était montré à moi en rêve bien avant le temps requis. Mon initiation n'était pas terminée, je n'avais que seize années, mais c'était la chose la plus importante qu'il lui restait à m'offrir avant que je ne quitte pour toujours la brousse de Sor.

Je me réveillai différente de ce faux rêve. Si j'étais abattue quand la pirogue avait quitté les bords du pays de Sor, je me sentais désormais étrangement puissante. Alors que les trois hommes qui me tenaient prisonnière me foulaient aux pieds, alors que j'avais de la peine à respirer, entravée dans un filet de pêche, et que je me noyais presque dans l'eau croupie du fond de la pirogue, j'éprouvais l'étrange sensation que ce n'était plus moi qui étais en danger, mais mes trois ravisseurs. De grands frissons presque agréables me couraient le long du dos et, tandis que la nuit emprisonnait le fleuve, il me semblait, contre toute évidence, que, de proie, j'étais devenue prédatrice.

Je sentais les oscillations de la pirogue et je m'imaginai que mon *rab*, mon génie gardien, nageait sous elle, attendant l'instant propice pour la renverser et me sauver. Je crus d'abord que le grand frottement que je perçus sous notre embarcation c'était lui qui nous attaquait enfin, mais ce n'était que le raclement de la coque de la pirogue accostant sur une berge de l'île de Saint-Louis.

L'embarcation fut hissée sur le sable par les deux hommes qui accompagnaient le Blanc. Ils étaient en colère contre lui car ils éprouvaient toutes les peines du monde à la tirer assez haut sur le rivage pour qu'il ne se mouille pas les pieds quand il en descendrait. Je les entendis jurer violemment jusqu'à ce que le Blanc leur ordonne en langue wolof de se taire. Il ne fallait plus faire de bruit. Ils insultèrent tout bas sa mère, sa grand-mère et tous ses ancêtres avant de m'extirper sans ménagement du fond de la pirogue. Ils me tenaient chacun sous une aisselle et, malgré l'obscurité et le filet qui me recouvrait, j'arrivai à les distinguer. Mes sens et mes perceptions me paraissaient décuplés. Je croyais voir, entendre, sentir mieux que jamais, comme si mon *faru rab*, mon mari-serpent, m'avait gratifiée de pouvoirs sensitifs surhumains.

Les deux hommes de main du Blanc étaient des guerriers, des mercenaires que le roi du Waalo avaient mis à sa disposition pour protéger ses escapades autour de Saint-Louis. L'un d'eux était plus en colère que l'autre parce que c'était à lui que le Blanc avait commandé d'échanger son fusil contre moi. Quand il ne porte pas d'arme à feu, un guerrier de métier comme lui se sent nu. Irascible par principe, querelleur, surtout après avoir bu cette mauvaise eau-de-vie dont on le paie, il tue sans

146

état d'âme s'il suppose qu'on lui a manqué de respect. Les gens de son espèce sont craints et haïs par tous les paysans du Sénégal car ce sont des faiseurs d'esclaves, des violents.

J'ai très bien vu ces deux mercenaires et je peux vous dire, Adanson, que l'un des hommes de votre escorte est celui qui a dû céder son fusil contre moi. Il avait déjà les cheveux blancs. Je connais même son nom : il se nomme Seydou Gadio. Et l'autre Ngagne Bass.

Maram s'était tue, comme pour m'offrir le temps de comprendre ce qu'elle m'annonçait. J'ignorais encore qui était ce Seydou Gadio. Je ne devais l'apprendre que le lendemain de la bouche de Ndiak. Seydou Gadio était l'homme qui avait placé un petit miroir devant ma bouche pour vérifier si je respirais toujours quand j'étais tombé en léthargie à Keur Damel, le village éphémère du roi du Kayor. C'était aussi grâce au brancard de fortune qu'il avait imaginé pour me faire transporter jusqu'à Ben que j'étais encore vivant. Nous nous doutions bien, Ndiak et moi, qu'Estoupan de la Brüe avait placé un de ses espions dans notre escorte. Me l'entendre dire par Maram donnait à notre supposition une réalité d'autant plus dramatique qu'elle annonçait un surcroît de malheur pour elle.

Pendant que je me livrais à ces pensées amères, Maram s'était levée dans l'obscurité. Je l'entendis marcher avec légèreté puis déplacer le grand éventail en jonc tressé qui recouvrait l'ouverture du baquet d'eau de mer que j'avais repéré près de l'entrée de la case, pendant l'orage. J'entendis aussitôt un petit clapotis, sans doute causé par les poissons qui se frôlaient. Au même moment, le halo de cette lumière bleue et vaporeuse qui avait troublé mon réveil au milieu de la nuit précédente,

147

tant elle m'avait paru irréelle, monta très doucement dans le ciel de la case. Grâce à elle, je commençai à discerner la silhouette de Maram dont les contours de l'habit blanc reflétaient cette luminescence.

Je compris soudain. Comment n'y avais-je pas pensé plus tôt ? Maram nous avait donné de la lumière de mer. L'eau du baquet diffusait ce halo bleuté tirant sur le vert pâle que j'avais déjà pu observer en pleine nuit, lors de mon premier voyage en bateau de l'île de Saint-Louis à l'île de Gorée, trois ans auparavant. Je m'étais réfugié sur le pont pour fuir la chaleur étouffante de la cale où Estoupan de la Brüe m'avait fait installer au mépris des lois de l'hospitalité et de l'humanité, malgré le mal de mer dont il savait que je souffrais. Alors que notre bateau était arrêté à mi-chemin entre le continent et l'île de Gorée, j'avais pu contempler ce phénomène de la nature souvent décrit par les marins habitués à franchir la ligne des tropiques. Parfois, dans ces zones torrides, la mer s'illumine de l'intérieur et paraît soudain détenir l'étrange capacité de laisser voir tous les trésors cachés de ses abysses. Et c'est ainsi que mon mal de mer avait disparu quand j'avais vu glisser, sous la travée du bateau immobile, des milliers de formes aussi scintillantes que des pierres précieuses cousues dans la trame d'un tapis de lumière et serties de filaments d'algues tantôt argentés, tantôt dorés.

Que Maram ait récolté cette eau salée et phosphorescente pour illuminer sa case la nuit accrut la tendresse que j'éprouvais pour elle. Si je ne partageais pas sa représentation du monde, ni ne croyais à l'existence de son *rab*, chimère d'une de ces religions archaïques où l'homme et la nature faisaient corps, je fus exalté à l'idée que nous ressentions le même attrait pour les belles choses, fussent-elles inutiles. Car si la luminescence

148

provenant du baquet d'eau de mer éclairait bien moins qu'une bougie et encore moins qu'une lampe à huile, elle était d'une beauté émouvante.

Maram et moi étions également sensibles aux mystères de la nature. Elle, pour se les concilier, moi, pour les percer. C'était une raison de plus de l'aimer, s'il est vrai que la raison a quelque chose à voir avec l'amour.

approach nature
differently but with
reverence
{ la vénération

XXIII

Aussi silencieuse et légère qu'une plume tombée du ciel, Maram revint s'asseoir en face de moi, sur le lit. J'étais très ému par le don ingénu qu'elle semblait avoir tenu à me faire en nous nimbant de cette lumière poétique, cette fumée de ciel bleu enveloppée de nuit. Et j'allais lui dire avec mes pauvres mots de wolof que j'éprouvais pour elle plus que de la tendresse quand, m'interrompant, elle reprit la suite de son histoire.

Je devais donc me contenter de n'être pour elle qu'une oreille attentive. Elle se livrait à moi en paroles et j'essayais de m'imaginer pourquoi. Me raconter l'histoire de sa vie, c'était un choix, une élection, la marque d'une prédilection. Était-ce parce que je lui étais extrêmement étranger ? Un homme et un Blanc ? Peut-être étais-je condamné à n'être jamais qu'un confident de passage, un éphémère. Je me sentais comme un confesseur de ses malheurs que Maram pouvait jeter à tout moment par-dessus bord, hors de sa vue, pour s'en libérer.

– Dès que notre pirogue avait été mise à sec, le Blanc avait disparu et m'avait laissée entre les mains des deux guerriers, leur donnant l'ordre de ne me conduire au fort qu'au cœur de la nuit, à l'abri des regards. Mes deux gardiens m'attachèrent au tronc d'un ébénier, non loin de la berge du fleuve, et s'assirent à quelques pas

151

de moi pour fumer leur pipe et boire quelques rasades d'eau-de-vie. Si ce moment me semblait propice pour que vienne à mon secours mon *faru rab,* il n'apparut pas. J'imaginai que l'endroit où nous nous trouvions était déjà trop loin de Sor pour qu'il ait le pouvoir de me sauver. Mais je ne cédai pas au désespoir et je continuai de chercher un moyen de m'enfuir. Seydou Gadio et Ngagne Bass ne se souciant pas de moi, j'essayai de desserrer la corde qu'ils avaient nouée autour de mes poignets au revers du tronc de l'arbre où j'avais le dos appuyé, assise par terre. Malgré mes efforts, je n'arrivai à rien et je décidai alors de conserver mes forces pour être prête à m'enfuir quand se présenterait une autre occasion.

Elle ne s'offrit pas sur le chemin du fort, où, après une longue marche, mes deux gardiens finirent par me jeter dans une pièce humide, peinte en blanc, fermée par une porte en bois épais comme je n'en avais jamais vu. Je restai là, couchée à même le sol dans une semi-pénombre, espérant toujours.

Au bout d'un temps assez court, la porte s'ouvrit sur une vieille femme. S'éclairant d'une bougie, elle m'approcha timidement, me répétant de ne pas me cabrer, de ne pas m'énerver. Elle ne me voulait pas de mal, elle m'apportait de quoi boire, manger, me laver et me vêtir. Une enfant la suivait, portant une calebasse de couscous de mouton et une jarre d'eau fraîche. Cette même très jeune fille, dont je voyais à peine le visage à la lueur de la bougie, après que j'eus un peu mangé et bu, me dévêtit de mon pagne maculé de terre. Je me laissai faire tant j'étais épuisée. Et la vieille continua de me parler tandis que la petite me lavait, me séchait et tâchait de m'habiller d'un vêtement inconnu et incommode qu'elles appelèrent « robe ». Je m'y sentais très à l'étroit, et comme elle tombait jusqu'à mes pieds je compris qu'elle entraverait mes pas. Cet habit, qui couvrait une grande partie de mon corps, était taillé dans un tissu brillant où figuraient de grandes fleurs d'une espèce qui m'était inconnue. C'était un habit-prison qu'on m'avait mis pour m'empêcher de m'enfuir.

J'étais à peine habillée que la vieille femme et la petite fille s'éclipsèrent tandis que les deux guerriers revenaient. Nous empruntâmes un escalier en pierre où je faillis tomber plusieurs fois tant j'étais gênée dans mes mouvements par ma robe. Dès que nous fûmes hors du fort, ils jetèrent sur moi, pour me cacher, le même filet qui leur avait servi à me dissimuler au fond de la pirogue, quelques heures auparavant. Puis, voyant qu'à cause de son poids, ajouté à celui de mon nouvel habit, je trébuchais à chacun de mes pas, ils jugèrent préférable, pour avancer plus vite, de m'y enrouler plusieurs fois pour me porter comme un sac. Je n'avais que seize années et j'étais plus légère que je ne le suis aujourd'hui, mais cela n'empêchait pas les deux hommes de pester contre le roi du Waalo qui les avait envoyés servir ce maudit Blanc qui portait le nom d'Estoub. Ils n'étaient pas des esclaves mais des guerriers. Il leur tardait de revenir au service de leur roi pour guerroyer.

Après s'être copieusement insultés, s'accusant l'un l'autre de ne pas travailler assez à me porter, ils se turent soudain. Je ne discernais rien dans la nuit noire, mais je les entendis annoncer à un garde, sans s'arrêter, qu'ils apportaient un paquet à déposer dans la chambre du Blanc Estoub. Il me parut que nous montions, et leurs pieds commencèrent à frapper un sol qui ne crissait plus comme le sable des berges du fleuve mais résonnait un peu comme la peau d'un tambour. À en juger par leurs mouvements et le ralentissement de leur marche, nous étions entrés dans un endroit où ils devaient se courber pour avancer. Ils finirent par me jeter dans un lieu sombre et assez réduit, sans me délivrer du filet qui m'emprisonnait.

Pendant un temps qui me sembla très long, je restai allongée sur un sol en bois qui avait une odeur étrange, perceptible malgré celle du poisson attachée au filet, dont les mailles superposées m'étouffaient.

Tout à coup, une agitation et des cris me firent sursauter. Je devais m'être endormie, malgré l'inconfort de ma position, car je fus comme inondée de lumière. Le sol qui oscillait sous moi, le bruit de l'eau me firent comprendre que j'étais sur une de ces immenses pirogues construites par vous les Blancs, les maîtres de la mer. Peut-être me conduisait-on au-delà de l'horizon pour cet endroit dont les Noirs ne reviennent jamais. Je fus sur le point de pleurer : il me semblait que j'étais définitivement perdue pour mon village de Sor.

Maram s'était tue, comme pour méditer sur ses propres paroles. Parfois, lorsque nous nous retournons sur notre passé et sur nos croyances anciennes, nous tombons en présence d'un inconnu. Cet inconnu ne l'est pas vraiment, car il s'agit de nous-même. Même s'il est toujours là, dans notre esprit, il nous échappe souvent. Et quand nous le retrouvons au détour d'un souvenir, nous reconsidérons cet autre nous-même, tantôt avec indulgence, tantôt avec colère, parfois avec tendresse, parfois avec effroi, juste avant qu'il ne se volatilise à nouveau.

Je prêtais alors à Maram ces pensées qui m'appartenaient. J'imaginais qu'il était possible qu'elle les conçoive en même temps que moi, comme si, dans des moments graves et tristes, certaines paroles avaient le

don d'entraîner des rêveries identiques chez deux inter-
locuteurs attentionnés. Du moins, je l'espérais de tout
mon cœur, car j'aimais Maram. Mais son récit me faisait
craindre qu'elle ne partage jamais mon amour. J'étais
de la race de ses oppresseurs.

he feels that the manner in which she speaks to him in wolof gives him hope that she views him differently from other men

speaks in diary/cahier
to Aglaé

XXIV

they're together

Dans la semi-pénombre de la case, je ne pouvais pas voir les yeux de Maram. Seuls les contours de sa tête et de son buste m'apparaissaient, faiblement luminescents. J'aimais sa voix douce et ferme qui remplissait mon âme de son calme. Toutes les langues, même les plus âpres, sont plus suaves quand elles sont proférées par les femmes. Et pour moi, le wolof, qui me paraissait déjà une langue merveilleusement tendre, était sublime dans la bouche de Maram.

J'en étais arrivé au point où j'avais perdu de vue mon français. J'étais immergé dans un autre monde et la traduction des paroles de Maram dans mes cahiers, ma chère Aglaé, ne peut pas refléter les éclairs de complicité dont elle les assortissait. J'ai peut-être rêvé qu'elle me parlait une langue unique, adressée seulement à moi, qui n'aurait pas été celle de la simple communication de son histoire à n'importe qui. Je ressentais dans sa façon de me parler un je-ne-sais-quoi d'amical qui me laissait espérer, malgré tous ses malheurs, qu'elle me distinguait des autres hommes, blancs ou noirs.

Cette intuition n'apparaît pas dans le récit de Maram que je te livre, Aglaé, et je peux t'assurer que si ma traduction de ses propos n'est pas exacte, c'est que je les accompagne de toutes les émotions contradictoires qu'elles provoquent en moi aujourd'hui encore. J'ajoute que le wolof a une concision que le français n'a pas et que ce que parfois Maram m'a dit en une seule phrase saisissante dont j'ai retrouvé le souvenir exact, je me vois obligé de le transcrire parfois en trois ou quatre en français.

Il est vrai aussi que Maram ne m'a pas précisément raconté son histoire comme je te la donne à lire. Mais plus j'écris, plus je deviens écrivain. S'il m'arrive d'imaginer ce qui lui est arrivé quand j'ai oublié ce qu'elle m'a dit précisément, ce n'est pas pour autant un mensonge. Car il me semble juste de penser désormais que seule la fiction, le roman d'une vie, peut donner un véritable aperçu de sa réalité profonde, de sa complexité, éclairant ses opacités, en grande partie indiscernables par la personne même qui l'a vécue.

Maram a donc continué à me raconter sa triste histoire et je te la narre dans une langue qui nous est commune, ma chère Aglaé, mais qui me sépare de mon amour de jeunesse. Voici donc la suite de ce qu'elle m'a affirmé lui être arrivé sur le bateau d'Estoupan de la Brüe et que je raconte avec mes propres mots.

— La porte de l'endroit où j'étais s'ouvrit et j'entendis marcher vers moi. On me poussa du pied. C'était le Blanc Estoub. Je ne pouvais pas le voir mais il vociférait entre ses dents dans la langue d'oiseau qui est la vôtre. Il semblait furieux et il ressortit aussitôt en claquant la porte derrière lui. Peu après, quelqu'un d'autre entra et entreprit de me débarrasser du filet de pêcheur dans lequel j'étais entortillée.

La tâche n'était pas facile et c'était la vieille femme qui s'était occupée de moi au fort de Saint-Louis qui s'y employait. Quand elle m'eut un peu dégagée, elle poussa un cri. Ma tête l'avait effrayée. Les mailles du filet s'étaient incrustées dans les chairs de mes joues et de mon front au point qu'on aurait dit que la moitié de mon visage était couverte de scarifications rituelles en forme d'écailles de poisson. Je ne pouvais pas me voir, mais je compris, au discours de la vieille femme, que ma beauté avait disparu et que j'étais même devenue repoussante. J'avais les yeux bouffis, gonflés par les larmes que je retenais depuis que j'avais été sortie de la pirogue de mes ravisseurs, et mes cheveux emmêlés devaient sentir le poisson. Le tissu de la robe que l'on m'avait passée la veille était maculé de taches recouvrant toutes les impressions de fleurs qui le décoraient.

La vieille femme, qui se présenta à moi sous le nom de Soukeyna, se mit à pleurer en me déshabillant. Elle répétait : « Ma pauvre petite fille, qu'est-ce qu'ils t'ont fait ? », d'un ton si plaintif que je faillis fondre en larmes. Mais je me retins car je ne voulais montrer aucun signe de faiblesse. Cette femme, dont la peau était ridée comme celle d'un vieil éléphant, était la servante du Blanc Estoub. Elle m'avait préparée, lavée, nourrie la veille pour m'offrir à lui en bon état. J'étais encore très jeune, mais j'avais compris que dans le monde nouveau où l'on m'avait forcée d'entrer j'étais destinée à offrir du plaisir au maître blanc qui m'avait achetée contre un fusil. Et mon oncle lui avait montré ce à quoi il pouvait m'employer. La vieille Soukeyna pleurait peut-être aussi sur son propre sort, prévoyant qu'Estoub serait fort mécontent de ne pas pouvoir jouir de moi aussi vite qu'il l'espérait.

J'ignore quel tableau de moi Soukeyna fit à Estoub, mais ce dernier me laissa tranquille six jours, où je pus reprendre des forces grâce au repos, aux soins et à la nourriture abondante et variée que la vieille femme m'apportait matin et soir. Elle m'avait lavé entièrement le corps dès le premier jour et montré l'endroit de la pièce caché par une petite palissade en bois où je pouvais faire mes besoins : une espèce de chaise percée d'un trou sous laquelle on glissait un baquet qu'elle retirait deux fois par jour pour en jeter le contenu ignoble à la mer.

Les trois premiers jours, j'ai dormi comme une masse et je ne me réveillais que lorsque Soukeyna venait s'occuper de moi. Elle accordait un soin tout particulier à mon visage et je crus prévoir que lorsqu'on lui annoncerait sa complète réparation Estoub viendrait me rendre visite. J'avais pris le parti de ne pas parler à cette femme qui ne me paraissait pas mécontente que je me taise, comme si elle craignait de lester encore plus, une fois de trop peut-être, sa vieille mémoire d'une nouvelle charge de remords.

Revenue un peu à moi-même le quatrième jour, je dormis très peu. Je remarquai qu'un peu de lumière traversait un tissu épais tendu en hauteur sur la paroi où était appuyée ma couche. J'avais entendu les vagues derrière cette paroi et je jugeai au balancement du « bateau », comme l'avait appelé Soukeyna en français, que nous étions en pleine mer. J'en eus le cœur net quand, à genoux sur ma couche, soulevant le tissu qui cachait un bout de planche que je fis coulisser, je reçus en plein visage une gerbe d'eau salée. La peau me picotait, car mes plaies se refermaient à peine, mais cette entrée d'air marin dans la pièce où j'étais confinée depuis plusieurs jours me fit du bien. Je respirai à pleins poumons, et cet exercice que je renouvelai dès ce moment à toute heure du jour et de la nuit me rendit mon courage.

Avec un peu plus de lumière je pouvais explorer cette pièce qui était loin d'être aussi vaste que la case où nous nous trouvons, Adanson. C'était là, sans doute, que le Blanc Estoub dormait quand il prenait le bateau pour rendre visite à son frère à Gorée depuis l'île de Saint-Louis, selon ce que m'avait raconté la vieille Soukeyna. Outre ma couche, une petite table et un grand coffre, je ne vis rien de plus dans cet endroit que l'on avait dû vider d'autres objets avant de m'y enfermer.

J'avais remarqué que la vieille Soukeyna ouvrait le matin le coffre pour en extraire du linge qu'elle devait ensuite aller porter à Estoub. Mais elle le refermait à clef, aussi soigneusement que la porte d'entrée de la pièce où l'on me retenait prisonnière. Ce coffre en bois était grand, recouvert de cuir sombre, ses montants renforcés par des clous brillants à la tête renflée, alignés très près les uns des autres.

Le sixième jour pourtant, Soukeyna oublia de le fermer à clef. Dès qu'elle fut partie, j'allai déplacer la planche de bois qui ouvrait ma prison sur la mer pour avoir plus de lumière. Éclairé par le jour, le cuir du coffre me parut moins sombre. Il avait une odeur sucrée, comme celle d'une fleur. Je m'agenouillai devant lui et je soulevai son lourd couvercle.

Je ne vis d'abord qu'un amoncellement de linge blanc : des bas, des chemises, des culottes comme les vôtres, Adanson. Ne trouvant là rien d'intéressant, j'allais refermer le coffre de peur que Soukeyna ne me surprenne à le fouiller, quand je décidai soudain de le vider entièrement pour m'assurer qu'il ne contenait rien d'utile. Sous le linge blanc d'Estoub apparut d'abord un petit bâton en fer doré fermé par un rond de verre que je crus pouvoir voler sans qu'on le remarque. Ensuite, ce fut une corde assez longue qui, associée à l'objet

161

précédent, favoriserait peut-être le projet d'évasion qui commençait à naître dans mon esprit.

J'étais presque arrivée au bout de mes recherches quand je sentis sous ma main une texture étrange. Ce n'était pas un tissu. Dissimulée sous une longue tunique d'Estoub, je palpais à l'aveugle une sorte de surface douce, un peu huileuse, légèrement irrégulière. J'écartai les derniers habits d'Estoub et ce que je découvris me saisit.

Tapissant exactement le fond du coffre et pliée précisément en sept épaisseurs se trouvait la peau de mon *rab*, de mon démon gardien. Elle était d'un noir profond striée de bandes jaune pâle aux mêmes dessins que le pagne dont il était habillé lorsqu'il m'était apparu en rêve, juste avant de se métamorphoser en boa géant. Je crus mourir de joie et de reconnaissance. Ainsi, mon *rab* ne m'avait pas abandonnée ! Il me protégeait encore, malgré mon éloignement de Sor ! Rien ne pourrait m'ôter de l'esprit que ma découverte n'était pas une coïncidence. Mon *rab* n'était pas mort, il vivait en moi et je survivrais grâce à lui.

Peu importait comment Estoub avait obtenu cette immense peau de boa. Peut-être lui avait-elle été offerte par un de nos rois qui avait voulu lui montrer que les animaux du Sénégal pouvaient être monstrueux. Peut-être l'avait-il chassé lui-même ou acheté à un autre chasseur. Serrée ainsi au fond de son coffre à habits, Estoub lui accordait visiblement assez de prix pour l'entretenir afin qu'elle ne se dessèche pas et ne perde pas ses couleurs. Mais j'avais plus de droit sur cette peau de boa que lui. Il ne s'en servirait que comme d'un objet d'apparat pour prétendre peut-être qu'il avait chassé et tué un monstre, alors que pour moi cette peau abritait une âme jumelée à la mienne. Je la sortis donc du coffre et l'enroulai sur elle-même, l'enserrant dans plusieurs tours de la corde que j'avais trouvée au même endroit. Il y avait sous ma couche assez d'espace pour y glisser la peau de mon *rab* et je pris soin de laisser pendre un pagne jusqu'au sol pour la cacher à la vue de Soukeyna.

J'eus tout le temps ensuite de ranger le linge contenu dans le coffre, espérant que la vieille femme ne s'apercevrait pas que je l'avais fouillé. Quand elle revint pour le refermer à clef, elle ne prit pas la peine de le rouvrir pour vérifier son contenu, tandis que je faisais semblant de dormir.

Le septième jour de navigation, en fin d'après-midi, Soukeyna m'annonça que nous étions proches de l'île de Gorée et que le soir même Estoub viendrait me rejoindre. Elle m'avait apporté une jolie robe dont le tissu avait la couleur nacrée et changeante de l'intérieur d'un grand coquillage exposé au soleil. Je fis semblant de recevoir cette robe avec plaisir, ce qui encouragea Soukeyna à me glisser de tâcher d'être gentille avec Estoub. La vieille femme ajouta que je ne pouvais que tirer de grands avantages à lui plaire. Si j'étais à son goût, il m'établirait comme sa concubine principale à Saint-Louis et, avec de l'habileté, je pourrais devenir assez riche pour m'affranchir de tout protecteur une fois qu'il serait reparti pour la France ou qu'il serait mort. Grâce à toutes les richesses que je lui aurais extorquées, je pourrais m'acheter le mari qui me plairait et, pourquoi pas, me venger cruellement de la personne qui m'avait vendue à Estoub.

Je la laissai dire ce qu'il lui plaisait de me laisser croire car, forte d'avoir découvert que mon *rab* veillait toujours sur moi depuis que j'étais en possession de sa peau, j'étais persuadée que la vie de concubine que Soukeyna me prévoyait n'arriverait pas. Je n'étais pas

Elle est fière

née pour être l'esclave d'Estoub, ni de quiconque, et si un jour je parvenais à me venger de mon oncle, ce ne serait pas grâce aux richesses que ma beauté aurait soutirées à un Blanc.

Hochant la tête imperceptiblement comme pour signifier, mais sans trop, à Soukeyna que je commençais à accepter ce qu'on désirait de moi, j'enfilai une sorte de culotte en tissu blanc qui s'arrêtait à mes genoux et dont l'entre-jambe était volontairement décousu. Puis elle m'aida à revêtir la robe couleur de coquillage d'une façon telle que je devinai qu'elle désirait faciliter à Estoub le travail de me l'enlever. Elle ne noua pas les lacets dans mon dos, ce qui me fut d'un grand secours par la suite.

La vieille femme, peu après le coucher du soleil, revint avec des « bougies », au nombre de sept, qu'elle alluma et plaça dans une grande assiette sur la petite table près de la couche dont elle avait changé les « draps ». Elle me donna des consignes de « femme d'expérience », selon ses propres mots. Sans doute avait-elle été elle-même dans sa jeunesse la concubine d'un Blanc.

Soukeyna devait avoir promis monts et merveilles à Estoub car il souriait de toutes ses horribles dents quand il entra en pleine nuit dans la pièce où j'étais retenue prisonnière depuis sept jours. Mais son sourire n'atténuait pas la cruauté de ses yeux et, l'attendant allongée sur le lit, comme me l'avait commandé Soukeyna, j'eus la même impression que la première fois que j'avais croisé son regard. Il paraissait s'apprêter à me dévorer.

Estoub portait une sorte de bonnet en coton blanc attaché sous le menton, ainsi qu'une grande chemise de la même couleur. À la lueur des bougies, son visage qui rougeoyait, se couvrait peu à peu de taches de sang qui affluaient sous sa peau. Il se mit à balbutier des mots

il est laid

incompréhensibles tout en tendant ses deux mains vers ma poitrine. Mais lorsqu'il se pencha vers moi pour saisir mes seins, je lui portai soudain un violent coup sur la tempe gauche avec l'objet en fer doré tiré de son coffre, que je tenais caché dans ma main droite sous un pli de ma robe, le long de mon corps. Ce coup l'ayant étourdi, j'eus le temps de replier mes jambes sous lui et de les détendre aussitôt, frappant très fort sa poitrine du plat de mes deux pieds. Mon *rab* a dû partager sa force avec moi à cet instant, car la tête d'Estoub alla si violemment heurter le plafond, qui ne se trouvait pas très haut au-dessus de lui, qu'il s'écroula inconscient près du lit.

Mon premier soin, avant même de me débarrasser de la robe, fut de déplacer le corps inerte d'Estoub pour récupérer la peau de mon *rab*-serpent que j'avais dissimulée sous le lit. Une fois entièrement nue, j'attachai à ma taille la corde qui nouait le rouleau de peau de mon totem. Je le pris dans mes bras, et, après avoir soufflé les sept bougies, j'entrouvris la porte de ma prison qu'Estoub n'avait pas refermée derrière lui. Elle donnait sur un corridor terminé par trois marches. Craignant que le bruit de la lourde chute d'Estoub n'ait éveillé l'attention, j'attendis un instant avant de courir le plus légèrement possible vers l'escalier que je gravis très vite. Le rouleau de peau de mon *rab* ne gêna pas ma course. Il était léger et j'avais l'impression de voler.

Je me retrouvai presque aussitôt à l'air libre, et alors que j'étais prête à affronter quiconque se dresserait devant moi, Soukeyna, un marin, ou encore l'un des deux gardes d'Estoub, je ne rencontrai personne. On aurait dit que le bateau était désert ou que j'avais miraculeusement acquis la faculté d'être invisible et inaudible.

Je me cachai derrière une sorte de gros ballot près d'un des rebords du bateau. Je regardai le ciel : à en juger par la position des étoiles, l'aube était encore lointaine. La lune était noire, mais je pus apercevoir à ma droite l'ombre d'une île qui devait être Gorée. À ma gauche, à l'opposé, une grande masse de terre sombre barrait l'horizon. Mais ce qui me frappa, c'était l'étrange état de la mer. Elle scintillait de l'intérieur. D'elle, irradiait un voile de lumière opalescente qui me donna l'impression, quand je descendis l'échelle attachée au flanc gauche du bateau, que le monde était sens dessus dessous. J'allais me plonger dans un ciel liquide, profondément lumineux et ouvert, alors que je quittais un lieu fermé, prisonnier d'une pesante obscurité.

Je n'avais pas peur de me couler dans cette mer semblable à un ciel inversé – comme tous les enfants de Sor, j'avais appris à nager dans un marigot non loin de notre village. Accrochée d'une main à la peau roulée de mon génie protecteur qui, je l'espérais, flotterait assez longtemps avant de s'imbiber d'eau, je me mis à nager vers la terre du Cap-Vert. Celle-ci m'apparaissait d'autant plus obscure que la mer était translucide et phosphorescente à la fois. Mais, fort heureusement, personne depuis le bateau ne me vit dans l'eau, alors que c'était le dernier endroit où je pouvais me cacher.

Protégée par mon *rab*, je ne fus pas attaquée par les requins qui infestent cette côte pour se nourrir de la chair des esclaves jetés à la mer lorsqu'ils sont malades ou tentent de fuir Gorée à la nage. Je ne sais quel tribut mon génie protecteur a offert au génie de l'océan pour me sauver d'eux, mais un fort courant me porta rapidement en direction de la terre ferme.

Tout à coup, la mer s'éteignit pour se confondre avec la nuit. Le bruit de vagues déferlant lentement sur le rivage se fit entendre. La grande muraille obscure d'une forêt s'approchait doucement de moi tandis que la peau de mon totem commençait à s'enfoncer dans l'eau et à m'entraîner après elle. Prisonnière un court instant d'un bouillonnement d'écume, je sentis sous mes pieds du sable. Et, malgré les rochers coupants qui protégeaient la plage et qui auraient pu me déchiqueter, j'eus assez de force, tirant sur la corde qui nous reliait, pour sauver mon *rab* de la mer qui l'avalait.

Je m'écroulai sur le sable d'une petite plage très proche de la grande forêt que j'avais devinée depuis le large. Un peu remise, je me pressai de nous mettre à couvert de ses premiers arbres, mon *rab* et moi. Et j'eus le sentiment avant d'y pénétrer que j'entrais dans un monde végétal aussi dangereux que celui de la mer. Me retournant alors vers le rivage de sable clair que je venais de quitter, il m'apparut comme une mince frontière entre deux océans différents, désormais aussi ténébreux l'un que l'autre.

Avant de m'avancer un peu plus, je scrutai l'horizon et je n'aperçus ni le bateau d'Estoub ni l'île de Gorée. Sans doute les courants m'avaient-ils emportée plus loin sur la côte que je ne l'avais espéré. Mais j'avais peur qu'Estoub, s'il n'avait pas perdu la vie du coup reçu sur sa tête, n'ait trouvé un moyen de se lancer à ma poursuite. Je me cachai donc derrière un arbre, à la lisière de la forêt, pour attendre le lever du jour sur l'océan.

La mer était nue comme je l'étais moi-même : sa peau grise étrangement lisse frissonnait, frôlée parfois par les ailes de grands oiseaux blancs qui surveillaient du ciel des bancs de poissons invisibles. Leurs plumages captaient et réfléchissaient les teintes roses et dorées de l'aurore. Leurs grands cris couvraient presque le chant immense et régulier de la mer.

Enfin, je déposai le rouleau de peau de mon totem en équilibre sur ma tête pour avoir les mains libres et je m'enfonçai dans la forêt. J'avais faim et soif mais je ne m'arrêtai pas de marcher. D'abord le plus vite possible, ensuite un pas après l'autre, à bout de force. Près du village de Sor, je savais où trouver à me nourrir de fruits, et le fleuve ou un marigot n'étaient jamais trop loin pour me désaltérer. Mais là, dans cette forêt d'ébéniers qui s'épaississait à mesure que j'avançais, j'avais perdu mes repères et j'étais sans ressources. La tête me tournait, mes jambes tremblaient, j'étais prise de vertiges, mais je ne pouvais pas m'arrêter. Il fallait que je mette la plus grande distance possible entre le bateau d'Estoub et moi. La chaleur qui s'élevait de la terre humide de la forêt, plus le soleil montait dans le ciel, finit par me vaincre et j'eus juste la force de ramener la peau de mon *rab* près de moi avant de m'écrouler au pied d'un arbre.

XXV

Maram s'était tue une nouvelle fois, comme pour me laisser le temps d'absorber ses paroles, de m'imprégner de son histoire. Elle semblait tranquille tandis que je méditais sur la coïncidence qui m'avait fait peut-être voyager sans le savoir sur le même bateau qu'elle, celui d'Estoupan de la Brüe, trois ans auparavant. Était-il possible que je ne l'aie pas aperçue tandis que je prenais l'air sur le pont du bateau, la nuit où elle avait plongé dans une mer lumineuse pour nager vers la terre du Cap-Verd ?

Nous étions faiblement éclairés par l'eau de mer luminescente du baquet où frayaient les poissons que j'entendais se déplacer doucement. Pourquoi Maram tenait-elle à illuminer sa case ainsi ? Était-ce en souvenir de sa fuite du bateau d'Estoub, comme elle appelait le directeur de la Concession du Sénégal ? Je n'osais pas lui poser de questions. J'imaginais que les réponses apparaîtraient dans la suite de son histoire et, en effet, elles ne tardèrent pas à surgir, incroyables, inattendues, violentes.

Je fus tirée du demi-sommeil où je flottais, reprit Maram, par une main calleuse que je sentis se poser légèrement sur mon front. J'entrouvris les yeux et je vis, penché sur moi, le visage très ridé d'une vieille femme

169

que je pris d'abord pour celui de Soukeyna. Je poussai un cri mais je fus rassurée par une voix chevrotante. Dans un grand sourire découvrant l'unique dent qui lui restait, la vieille femme me dit qu'elle s'appelait Ma-Anta. Elle m'avait vue dans ses rêves les sept nuits précédentes et j'allais devenir sa fille secrète. Je m'occuperais d'elle jusqu'au jour où elle partirait et où je la remplacerais.

Je ne comprenais pas le sens de ses paroles. Je trouvais étonnant qu'elle prétende que je prenne soin d'elle alors que j'étais sur le point de mourir d'épuisement. Mais Ma-Anta ne cessait de me répéter qu'elle m'avait aperçue en rêve, que j'étais sa fille cachée, sa fille de longévité.

J'avais refermé les yeux quand elle passa sa main sous ma nuque pour relever ma tête et humecter mes lèvres desséchées de quelques gouttes d'eau. Elle me tendit ensuite, soudain silencieuse, mais toujours souriante, un bout de canne à sucre qu'elle me fit signe de sucer. J'en aspirai longuement le suc pour retrouver la force de me lever. Comme elle restait accroupie près de moi sans bouger, je compris qu'elle ne pouvait pas se relever toute seule, tellement elle était vieille. Mais elle n'avait pas l'air inquiète, toujours souriante, attendant que je l'aide à se remettre debout. Quand je le fis, je fus surprise par sa légèreté. Elle ne pesait pas plus lourd qu'un enfant.

À vrai dire, Ma-Anta me paraissait être retombée dans une enfance joyeuse car elle ne cessait de rire de tout. Elle me commanda de ramasser à ses pieds un grand bâton enveloppé de cuir rouge, incrusté de cauris, qu'elle appela « petit frère » en pouffant. Et c'est en gloussant qu'elle me tourna le dos pour se mettre en marche, claudicante, le dos voûté, aussi lente qu'un scarabée gravissant une dune de sable du désert de Lompoul.

Je la suivis, plaçant sur ma tête la peau enroulée de mon totem-serpent, essayant de copier le rythme de sa marche, si peu rapide que j'avais la sensation de piétiner. Une multitude de questions me venaient à l'esprit. Comment une femme si vieille et si faible avait-elle pu me retrouver au milieu de nulle part dans la forêt d'ébéniers où j'avais erré pendant des heures ? D'où venait-elle et où me conduisait-elle ? Cette Ma-Anta était-elle une personne réelle ou une création de mon esprit, un de ces personnages de contes qui surgissent comme par hasard quand tout semble perdu ? Peut-être étais-je encore allongée mourante au pied de l'arbre où j'étais tombée épuisée. Peut-être Ma-Anta n'était-elle que l'ombre d'un ultime réconfort que m'offrait mon *rab*, mon génie protecteur, dans cette forêt si éloignée de notre village de Sor et de notre brousse familière.

Si mon esprit fut tenté de me tromper sur la réalité de cette situation improbable où je suivais pas à pas une vieille femme flottant dans des habits couleur de terre ocre, mon corps souffrant me rappela à l'ordre de la vie. Non, je n'étais plus moribonde, je n'avais plus la nuque appuyée sur la racine d'un ébénier. Désormais j'étais debout, et je souffrais bel et bien de faim et surtout d'une soif terrible. Mais je n'avais pas le droit de me plaindre, ni même de pousser le moindre soupir car Ma-Anta, qui me devançait, devait souffrir plus que moi. Chacun de ses pas me paraissait exiger d'elle un effort immense.

La tête surmontée d'un bonnet pointu, taillé dans le même tissu ocre et épais que sa tunique, le cou tendu vers le sol, Ma-Anta laissait dans la poussière, derrière elle, une trace ininterrompue qui me montrait qu'elle

171

traînait son pied gauche. Nous quittions insensiblement la forêt d'ébéniers pour entrer dans une forêt de dattiers et de palmiers qui nous abritaient moins du soleil. Mais Ma-Anta ne variait pas le rythme de sa marche, toujours aussi lente. Je la suivais en serrant les dents, heureuse désormais qu'elle ne se déplace pas plus vite tant mes forces s'épuisaient. Je pensai qu'elle avait prévu, peut-être dès le début de notre progression, que je finirais par ne plus pouvoir aller qu'à ce train.

Avant même de la connaître, il me semblait qu'il y avait comme un enseignement, une pensée à méditer, dans chacun de ses actes et de ses bons procédés à mon égard. Elle avait choisi de se taire, elle qui avait paru si bavarde au début de notre rencontre, et de cheminer sans lever les yeux de sa route. Je me sentais portée à l'imiter en tout, jusqu'à laisser traîner à mon tour ma jambe gauche, plaçant mes pas dans les siens au point de croire que, si j'avais eu la force de me retourner, je n'aurais pas pu distinguer sur le sol ses traces des miennes.

Comme un tambour sans fin vous jette en transe, Ma-Anta m'a appris – ce fut sa première leçon – qu'une très longue marche sur un rythme immuable efface toute douleur de votre corps. Et c'est ainsi que lorsque je sortis brusquement de ma léthargie ambulante, sur un signe que m'envoya peut-être mon *rab* qui s'inquiétait pour moi, la nuit était tombée et je marchais toujours derrière Ma-Anta dans la forêt de dattiers et de palmiers où nous étions entrées alors qu'il faisait encore jour.

J'allais me mettre à pleurer car, dès que j'étais revenue à moi, mon corps s'était à nouveau hérissé de douleurs, quand Ma-Anta s'arrêta soudain. Un lion et une hyène étaient couchés en travers de notre chemin et si leur odeur puissamment nauséabonde, mélange accumulé du sang et des viscères de toutes leurs proies, ne m'avait prise à la gorge, j'aurais pensé être encore prisonnière d'un rêve dans un rêve.

Étrange couple formé de deux bêtes ennemies, le lion et l'hyène restaient immobiles, ne daignant pas nous regarder. Lorsque Ma-Anta reprit sa marche, ces deux fauves qui auraient dû se jeter sur nous pour nous déchiqueter nous cédèrent le passage et nous escortèrent jusqu'à sa case au village de Ben.

Ma-Anta était guérisseuse et c'est elle qui a parachevé mon initiation. Elle a forgé la femme que je suis devenue. Elle m'a expliqué qui était mon *faru rab*, comment je devais cohabiter avec lui, éviter de l'offenser, de le rendre jaloux de moi. Ma-Anta m'a révélé quelles offrandes lui offrir pour qu'il me reste attaché. Elle m'a enseigné comment entretenir sa peau pour qu'elle ne perde pas ses belles couleurs noir profond et jaune pâle.

Je suis arrivée dans ce village de Ben il y a trois saisons des pluies et l'ascendant de Ma-Anta sur les villageois était si grand qu'ils ont accepté de croire qu'elle avait intégré mon corps, abandonnant le sien devenu trop vieux. Comme elle ne sortait plus de sa case, c'était moi qui recevais dans la cour de sa concession, cachée sous la peau de mon totem, grimée, claudicante comme elle, les villageois qui venaient se faire soigner.

Au début, je retournais à la case où Ma-Anta restait couchée lui rapporter très exactement les demandes des villageois. Elle m'a appris à écouter. Elle m'a souvent répété que les premiers remèdes sont à trouver dans les paroles mêmes de ceux qui exposent les symptômes de leur maladie. Les extraits de plantes qu'elle me désignait

173

du doigt n'auraient eu aucun pouvoir de guérison s'ils n'avaient été assortis de paroles qui soignent car l'homme est le premier remède de l'homme.

C'est par ses mots tendres que Ma-Anta a soigné mes blessures invisibles car, me répétait-elle aussi, il faut être guéri soi-même avant de prétendre guérir les autres. Mais il faut croire que Ma-Anta m'a imparfaitement soignée parce que, peu après son départ, je me suis souvenue de tout le mal que je devais à mon oncle. Et alors que, jour après jour, nuit après nuit, je luttais pour me débarrasser de cette idée, et malgré l'avis de mon *rab* qui s'y opposait dans mes rêves, j'ai décidé de me venger de lui.

Maram avait exprimé son désir de vengeance d'une voix si douce et si apaisée que je crus avoir mal compris : elle me paraissait en discordance, ainsi murmurée, avec la fermeté d'âme que révélait le récit terrible de sa vie.

J'avais vingt-six ans et j'avais foi dans la philosophie de mon siècle. Pour moi, ce que Maram nommait *faru rab* en langue wolof n'était qu'une chimère. Je ne mettais pas en doute l'existence du boa, dont la peau qui la couvrait devait avoisiner vingt pieds, c'est-à-dire un peu plus de six mètres dans la nouvelle métrique impériale. J'avais même entendu dire par des Nègres qu'il en existait des spécimens, près de Podor, un village sur le fleuve Sénégal, d'une quarantaine de pieds, capables d'avaler un bœuf. Mais ce que je ne pouvais pas admettre, en vertu de ma représentation du monde, que je jugeais supérieure à la sienne, c'était que Maram prête des pouvoirs mystiques à cet animal et s'imagine qu'il veillait sur elle. Mais à présent, tandis que je retranscris son histoire en m'efforçant de me rappeler ce qu'elle m'a dit en wolof, je ne suis plus aussi certain que

174

ma raison reste aussi triomphante qu'alors. Et cela pour une cause, ma chère Aglaé, que tu vas bientôt découvrir dans la suite de mes cahiers.

no longer believes his logic (raison) is superieur g

XXVI

Je ne partageais pas les croyances de Maram, que je jugeais superstitieuses, mais j'aurais volontiers partagé ma vie avec elle. Aurions-nous pu vivre heureux ensemble ? N'aurais-je pas tenté, si je l'avais épousée, de la rendre acceptable pour mon entourage en substituant mes certitudes aux siennes ? Pour que le monde d'où je viens me pardonne de me marier avec une Négresse, n'aurais-je pas désiré l'arracher à sa peau de serpent, lui enseigner à parler le français à la perfection et l'instruire avec soin des préceptes de ma religion ?

Bien que sa beauté noire et sa représentation du monde, indissociables de sa personne, aient été les premières sources de mon amour pour elle, mes préjugés m'auraient peut-être conduit à désirer la « blanchir ». Et, si Maram, par amour pour moi, avait consenti à devenir une Négresse blanche, je ne suis pas certain que j'aurais continué à l'aimer. Elle serait devenue l'ombre d'elle-même, un simulacre. N'aurais-je pas fini par regretter la véritable Maram, comme je la regrette aujourd'hui, cinquante ans après l'avoir perdue ?

Ces interrogations sur les suites d'une éventuelle union avec Maram, je ne me les formulais pas alors aussi précisément que je les écris à présent pour toi, Aglaé. Elles auraient peut-être éclos si mon existence

177

avait emprunté le chemin que mon amour profond pour elle m'engageait à prendre. Maram a eu sur moi une plus grande influence que je ne l'aurais imaginé. Si je t'ai choisie avant ma mort prochaine, Aglaé, comme confidente muette, c'est pour soigner les blessures de mon âme par des mots-remèdes.

Après m'avoir dit de sa voix douce qu'elle avait décidé de se venger de son oncle, Maram reprit son récit à la lueur incertaine qui nous baignait. Elle se tenait parfaitement immobile et j'étais contraint de tendre l'oreille pour l'entendre. On aurait dit qu'elle avait honte de parler fort.

— J'ai commencé à penser à ma vengeance après le départ de Ma-Anta.

Un matin, Ma-Anta m'annonça que le temps était venu pour elle de partir pour la forêt où elle m'avait découverte mal en point. Elle y disparaîtrait. Inutile de chercher son corps. Sa dernière volonté était que je vienne récupérer sa canne mystique sept jours après son départ dans un endroit qu'elle n'allait pas m'indiquer. Je devais me débrouiller toute seule pour le trouver. Mais que je me rassure, ce serait simple : il suffisait que je suive ses traces.

J'eus beau la supplier de ne pas m'abandonner, lui répéter qu'elle n'avait pas achevé de me divulguer tous ses secrets, elle refusait de m'écouter. Elle disait « non » de la tête, toujours souriante, découvrant sans pudeur sa dent unique, dernier vestige d'une longue vie mystérieuse dont elle ne m'avait jamais rien dévoilé. « Tu en sais désormais plus que moi », me disait-elle chaque fois que j'essayais de repousser son départ.

Et à l'aube d'un jour vide, après m'avoir indiqué quand je devais poser, sur le toit de sa case, du poisson pour le lion et l'hyène, ses deux *rab*, elle s'en alla. Je la suivis des yeux en pleurant jusqu'à ce qu'elle disparaisse derrière les premiers dattiers de la forêt de Krampsàne. Sans elle, mon souffle de vie s'amenuisait, je n'étais plus qu'un corps sans âme. J'aurais voulu qu'elle pose encore souvent sa main légère sur ma tête pour me bénir, comme tous les matins où je venais m'agenouiller devant elle.

Sept jours plus tard, comme elle me l'avait commandé, je partis à la recherche de son « petit frère ». Je le retrouvai sous un ébénier. Cela n'avait pas été difficile, je n'avais eu qu'à suivre la trace du bâton qu'elle avait laissé traîner au sol – malgré tout le temps écoulé depuis son départ, cette trace ne s'était pas effacée. J'avais mis mes pas dans les siens, éprouvant ses efforts pour avancer sous le soleil et sous la lune, l'imaginant jeter ses dernières forces dans son voyage sans retour.

Une fois revenue à Ben avec le bâton mystique de Ma-Anta, je repensai à Baba Seck. Il était mon passé, aussi douloureux qu'une plaie purulente. La vieille guérisseuse n'était plus là pour m'aider à effacer de ma mémoire cet instant fatal où mon oncle avait tenté d'envahir l'intérieur de mon corps de petite fille comme s'il avait été celui d'une femme accomplie et consentante. Ma colère revint, semblable à ces vagues, toujours plus grosses de colère les jours de tempête, qui pulvérisent, éparpillent, projettent vers le ciel les pirogues les plus lourdes.

Une image de lui me hantait. Je le revoyais s'enfuir le fusil à la main, celui qu'Estoub lui avait fait troquer contre moi, sans me jeter le moindre regard, comme si je le dégoûtais. J'étais sans cesse assaillie par ce souvenir qui détruisait mon esprit. Peut-être allais-je regretter de ne pas écouter la voix de mon *rab* qui me chuchotait de

179

pardonner à mon oncle tout le mal qu'il m'avait fait, mais je pris quand même la résolution de le punir.

Il y avait ici un homme qui ne refuserait pas de me servir parce que j'avais sauvé sa fille de la mort. Senghane Faye était jeune et intrépide. Il me paraissait avoir assez de ressources pour aller rapporter au village de Sor ce que je lui commanderais de dire au mot près. Je voulais que mes paroles tourmentent mon oncle au même point de douleur morale que celle qu'il m'avait infligée. Il y a des paroles qui guérissent et d'autres qui peuvent tuer à petit feu. Mon oncle serait le seul qui comprendrait le sens de mon discours transmis par Senghane. Par peur que la vérité ne soit découverte, que la honte ne le frappe, il entreprendrait de m'effacer du monde afin que l'histoire de ma disparition qu'il avait sans doute inventée continue d'être vraie. Ma menace que le malheur s'abatte sur le village si jamais on venait à s'approcher de moi l'attirerait ici à Ben comme la lumière les papillons de nuit. Je n'imaginais pas alors que d'autres papillons, comme vous Michel Adanson, viendraient se brûler les ailes chez moi.

Je rougis d'entendre mon nom dans le discours de Maram. J'entrais dans son histoire d'une façon peu glorieuse. Je m'étais invité à une pièce de théâtre où je n'aurais jamais dû jouer aucun rôle. Ma curiosité avait peut-être déjoué le plan de vengeance de la jeune femme contre son oncle. Mais j'avais aimé la manière dont Maram avait prononcé mon prénom et mon nom. Cela avait donné quelque chose comme « Misséla Danson », comme si cette façon très particulière et douce de les dire, avec les accents de sa langue wolof, m'avertissait d'un début d'affection pour moi, involontaire peut-être de sa part.

– Au début, reprit Maram, j'ai pensé que vous aviez pu être envoyé ici soit par mon oncle, soit par Estoub, mais cela me semblait impossible car, à moins que vous n'ayez été à leurs yeux qu'un homme sans conséquence, aucun des deux ne pouvait vous avoir raconté sa tentative de viol sur moi. Le doute m'a prise quand j'ai aperçu dans votre escorte Seydou Gadio, le guerrier du Waalo qui accompagnait Estoub le jour où mon oncle m'a troquée contre son fusil. Mais ce Seydou Gadio ne peut pas m'avoir reconnue déguisée comme je…

Maram ne termina pas sa phrase. Je l'entraperçus dans la pénombre bleutée qui nous baignait se dresser brusquement puis se glisser dans un coin obscur de la case où je ne pouvais plus la voir. Je tendis l'oreille et j'allais me lever à mon tour quand elle me chuchota de ne bouger sous aucun prétexte, quoi que je puisse voir. Son ordre, bien que murmuré, était si impérieux que je l'exécutai à la lettre, et je crois que bien m'en a pris car autrement j'aurais perdu la vie cette nuit-là dans la case de Maram.

Ainsi qu'elle me l'avait commandé, je restai parfaitement immobile. Tout me semblait habituel à l'extérieur de la case. La nuit au Sénégal est un concert discordant de cris, de gémissements, de hululements d'animaux petits ou grands, en chasse ou chassés, que l'on finit par ne plus entendre à force d'habitude. Derrière ce formidable fond sonore je ne percevais rien d'étrange quand je crus entendre les derniers pas d'une course précipitée. Et, juste après, la natte en jonc tressé recouvrant l'entrée de la case de Maram fut abattue en deux ou trois coups d'une si grande violence que l'ensemble de l'habitation me parut vaciller. Ébloui par la lumière d'une lampe qui me parut vive d'abord, parce que mes yeux s'étaient accoutumés à la pénombre, je vis peu à peu se découper en face de moi l'ombre d'un homme de grande taille qui fit un pas en avant et s'arrêta. Et je crus reconnaître Baba Seck.

L'oncle de Maram tenait au bout de son bras gauche une lampe à huile à la flamme vacillante qu'il promenait devant lui pour inspecter l'intérieur de la case. Il serrait dans sa main droite un fusil dont les décorations en argent luisaient doucement. Il me regardait, les yeux éteints. Il avait l'air exténué. Lui qui m'avait toujours reçu soigné de sa personne, superbement mis, la barbichette blanche bien taillée, était hirsute, en haillons, pieds nus, de la poussière rouge jusqu'à mi-jambe.

Après nous avoir inoculé le poison de la curiosité en nous racontant l'histoire de la revenante, Baba Seck devait nous avoir suivis, Ndiak et moi, tout au long de notre voyage depuis Saint-Louis jusqu'au Cap-Verd. Bravant mille dangers pour ne pas nous perdre de vue, il avait dû longer le désert de Lompoul, s'arrêter à Meckhé, à Sassing, à Keur Damel. Il avait dû, comme nous, traverser la forêt de Krampsanè et se cacher enfin à la lisière de cette forêt pendant que Maram me soignait. Il paraissait être à court de provisions depuis plusieurs jours.

— Où est-elle ? me demanda-t-il soudain d'une voix étouffée.

J'hésitai à le prier de me préciser de qui il parlait. Cette réponse aurait été déplacée. Nous savions tous les deux que Baba Seck parlait de Maram. Elle était au cœur de nos deux vies. Comme je restais silencieux, il fut distrait par le bruit du clapotis de l'eau provenant du baquet à l'entrée de la case. Sans plus se soucier de moi, il posa sa lampe à terre et fit un pas de côté pour se pencher au-dessus du baquet. Et tandis qu'il scrutait la surface de l'eau pour essayer de comprendre ce qui l'agitait, je vis une ombre immense se détacher lentement des hauteurs de la case, juste au-dessus de sa tête. J'étais pétrifié. J'aurais voulu crier pour avertir Baba Seck du danger qui se glissait vers lui, mais aucun son ne parvenait à franchir ma gorge. La mort approchait et il ne s'en doutait pas. C'était un énorme animal qui semblait flotter dans l'air de la case. J'entraperçus sa tête triangulaire, presque aussi grosse que celle de Baba Seck, dardant vers elle par à-coups réguliers une fine langue noire et bifide, comme si de sa large gueule fermée tentait de s'échapper un petit serpent à deux têtes, avalé aussitôt qu'il en sortait. Noire de jais, striée de jaune pâle, la peau du boa luisait à la lumière orangée de la lampe posée au sol par Baba Seck.

L'oncle de Maram, inconscient du danger qui le surplombait, avait toujours la tête penchée au-dessus du baquet d'eau de mer dont je compris en un éclair la véritable fonction, qui n'était pas seulement d'éclairer la case la nuit d'une lumière translucide mais de servir de garde-manger au boa. Maram le nourrissait ainsi de poissons, offrant à son instinct de chasseur le plaisir de les attraper en plongeant sa tête dans l'eau, le reste de son grand corps accroché à quelques poutres de la face interne du toit de la case. Mais là, ce n'était pas un poisson que Maram sacrifiait à son boa, c'était un homme qui, ignorant la menace planant au-dessus de lui, s'interrogeait sur l'utilité de ce baquet, comme cela avait été mon cas à plusieurs reprises cette nuit-là.

La tête du boa se rapprochait lentement de la sienne et, par cet instinct partagé par tous les êtres vivants quand ils sont la proie d'un danger mortel – et dont ils ont l'intuition sans le voir encore –, Baba Seck me jeta un coup d'œil. Je ne sais si la lumière de la lampe

183

horror / terror

posée au sol était assez forte pour qu'il puisse apercevoir
l'épouvante qui déformait mes traits ou s'il fut surpris
par la direction prise par mon regard, mais il leva enfin
les yeux. Et juste à l'instant où il la dévisagea, la mort
tomba sur lui, l'enroulant dans ses anneaux. coils

Peut-être alors Baba Seck crut-il avoir le temps de
tirer un coup de fusil sur le boa. Mais, tandis qu'il était
renversé au sol par la bête qui s'écroulait sur lui de tout
son poids, la balle qui partit de son fusil n'atteignit pas
sa cible. Elle frôla ma tête avant d'éclater sur la paroi
de la case, juste derrière moi.

target

Dans sa chute sur l'homme, le serpent avait renversé la lampe qui s'était éteinte. Et dans la faible
lueur phosphorescente provenant du baquet d'eau de
mer je crus voir les torsions d'une énorme vague sombre
onduler longuement sur le sol. Avant de m'évanouir,
j'entendis les os de Baba Seck se rompre les uns après
les autres, comme les brindilles d'un petit fagot de bois
sec. Cris, râles et borborygmes.

XXVII

J'avais déserté mon corps pendant la mort de Baba
Seck. Et mon évanouissement m'avait sans doute pré-
servé de cette crise d'apoplexie dont sont frappés les
singes ou les hommes qui ont le malheur de croiser
un boa.

Ce n'était certes pas contre moi que Maram avait
dressé ce serpent gigantesque, mais contre son oncle.
Son ordre de rester immobile quoi que je puisse voir
m'avait sauvé. Maram avait bien observé la nature du
monstre. La vue du boa est très mauvaise, sa langue lui
sert de nez et il ne repère ses proies que lorsqu'elles
bougent. La Providence avait voulu que l'immobilité
que j'avais conservée sur l'ordre de Maram avait été
prolongée par la peur qui m'avait envahi à la vue du boa.
Et c'est cette même immobilité de statue qui m'avait
sauvé également de la balle du fusil de Baba Seck.

À mon réveil, je ne me trouvais plus dans la case de
Maram, mais en plein air. J'étais étendu sous un ébénier.
Malgré la chaleur, j'avais froid. Ma nuque était raide et
douloureuse, comme le reste de mon corps. Des images
fugaces de la mort horrible de Baba Seck tourmentaient
mon esprit. J'étais encore tétanisé par cette peur animale
qui, depuis l'origine du monde, paraît unique à chacune

185

de ses victimes mais se trouve être fatalement identique pour toutes.

Quand la mort rattrape un animal après une longue fuite, son corps a raidi ses muscles comme pour le cuirasser. Le premier travail du prédateur, une fois sa proie tuée, est de réduire la tension de ses chairs par la violence de ses coups de crocs, de griffes, ou par la formidable pression de ses anneaux. J'espérais que Baba Seck avait eu la chance de perdre connaissance avant de sentir ses muscles, derniers remparts de sa vie, broyés par les torsions musculeuses du boa.

Ce n'est que lorsque Ndiak, assis près de moi, me posa doucement la main sur l'épaule que je parvins à me détendre. Ironie du sort, les premiers mots que je lui adressai furent les derniers qui étaient sortis de la bouche de Baba Seck :

– Où est-elle ?

La langue wolof ne distinguant pas, dans une telle phrase interrogative, le masculin du féminin, Ndiak ne sut pas trop comment me répondre.

– La vieille guérisseuse ? Elle a disparu. En revanche, si c'est bien de lui que tu parles, nous avons trouvé dans la case de la guérisseuse les restes d'un homme entortillé sur lui-même. Il a un pied collé à ce qui a dû être sa poitrine, un œil comprimé dans une main, la langue pendante, la tête en bouillie, le dedans dehors. Ce n'est pas beau à voir, et surtout ça pue ! Tu sais qui c'est ?

Sans attendre ma réponse, Ndiak me raconta qu'ils étaient accourus de l'autre bout du village, lui, Seydou Gadio et les autres, dès qu'ils avaient entendu un coup de fusil résonner dans l'aube. Il ne s'était pas passé beaucoup de temps avant qu'ils ne me découvrent dans la case de la guérisseuse, blanc comme la fleur du coton, recroquevillé sur un lit, non loin d'un cadavre informe qu'ils avaient enjambé pour me sortir de ce tombeau. Une fois assuré que j'étais toujours vivant, Seydou Gadio était retourné dans la case pour l'inspecter. Il en était ressorti un fusil à la main, celui sans doute d'où était parti le coup qui les avait alertés. Seydou était passé devant tout le monde, le visage fermé, marchant vite en direction de la forêt de Krampsanè, intimant l'ordre que personne ne le suive ni n'entre dans la case, où devait se trouver encore un énorme boa.

Surpris par mon air inquiet, Ndiak crut me rassurer en m'apprenant que je devais la vie à Seydou Gadjo. C'était lui qui avait eu l'idée de placer un miroir devant ma bouche pour débusquer mon dernier souffle de vie et qui avait conçu un brancard de fortune pour me faire transporter du village de Keur Damel à celui de Ben, chez la vieille guérisseuse. C'était lui mon sauveur.

Je le laissai dire. Ndiak ne pouvait pas savoir que Seydou Gadio avait reconnu son fusil, celui qu'Estoupan de la Brûe lui avait ordonné d'échanger contre Maram.

— Il va la tuer ? l'interrompis-je enfin alors qu'il continuait à me chanter les louanges de Seydou Gadio.

— Tuer la vieille guérisseuse ?

— Non, la revenante, Maram Seck.

Incrédule, Ndiak me fit répéter.

— Oui, Maram Seck était la personne cachée sous la peau noir et jaune du serpent. Maram Seck, la nièce de Babâ Seck, le chef du village de Sor !

Ndiak resta silencieux un instant, comme s'il cherchait dans sa mémoire des indices qui auraient pu lui permettre de deviner la véritable identité de la vieille guérisseuse. Mais rien ne lui revint et il dut se résoudre à reconnaître qu'il avait été, comme moi, incapable d'apercevoir Maram derrière son déguisement. Devant mon insistance à demander des nouvelles de Maram et voyant que je m'inquiétais pour elle, Ndiak m'assura que Seydou ne la tuerait pas. C'était un chasseur qui ne prendrait aucune vie sans des protections mystiques préalables. L'esprit très puissant qui avait habité la case était bien à craindre, il fallait le ménager.

Les paroles de Ndiak me rassurèrent. Bien qu'elles m'apparaissent irrationnelles, ces superstitions empêcheraient sans doute Seydou Gadio de tuer Maram si jamais il la retrouvait dans la forêt de Krampsanè. Le vieux guerrier, tout comme Ndiak, avait une conception du monde où la vie des hommes est étroitement liée à celle de leur *rab* protecteur. Dans leur esprit, Maram et le serpent qui avait broyé Baba Seck ne formaient qu'une seule et même entité. Tuer Maram attirerait la colère de son *rab* sur Seydou qui ne se serait pas risqué non plus à affronter sans protection mystique le boa de Maram.

Je demandai à boire à Ndiak qui commanda qu'on m'apporte aussi de quoi manger.

Avant de me lancer dans le récit de l'histoire de Maram, telle à peu près qu'elle me l'avait racontée une bonne partie de la nuit précédente, je songeai que le désir et l'amour qu'elle m'avait inspirés en si peu de temps n'étaient pas éteints.

Tout autre que moi sans doute aurait été si vivement frappé par la mort atroce de Baba Seck qu'il aurait confondu, dans son effroi, Maram avec le boa qu'elle avait dressé pour tuer son oncle. Ainsi, ce que n'aurait pas autorisé la raison d'un Blanc, son imagination l'aurait entraîné à l'éprouver : peur et dégoût pour la femme-serpent meurtrière. Quant à moi, j'estimais que la vengeance de Maram était proportionnelle au crime qu'elle avait subi. Car si le viol dont elle avait été la victime n'avait pas été consommé, son intention même avait porté atteinte à son équilibre vital et détruit l'ordre

de son monde. L'acte de son oncle avait broyé sa vie.
Que Maram ait fait écraser Baba Seck dans les anneaux
de son serpent-totem me paraissait un juste retour des
choses.

J'étais plongé dans ces réflexions quand les villageois
de Ben nous présentèrent, à Ndiak et moi, une calebasse de couscous de requin, mets que je n'appréciais
pas au début de mon séjour au Sénégal mais que j'avais
fini par aimer. Je ne l'aurais jamais cru si on m'en avait
fait la prophétie, comme je n'aurais jamais pensé tomber
éperdument amoureux d'une Négresse. Il me semblait au
bout de trois années de vie au Sénégal que je devenais
nègre dans tous mes goûts. Ce n'était pas simplement
dû à la force de l'habitude, comme il aurait été simple
de le croire, mais parce que j'oubliais que j'étais blanc à
force de parler le wolof. Je ne m'exprimais plus en français depuis plusieurs semaines, et l'effort prolongé qui
avait habitué ma langue à prononcer des mots étrangers
me paraissait identique à celui qui m'avait entraîné à
apprécier des mets et des fruits étranges pour mon palais.

Ndiak attendit patiemment que j'aie terminé mon
repas. Selon la coutume du pays, je me lavai la main
droite – avec laquelle j'avais exclusivement porté la
nourriture à ma bouche – dans une petite calebasse d'eau
pure que l'on m'avait apportée. Puis j'appuyai mon dos
sur le tronc de l'ébénier sous lequel j'étais revenu de
mon évanouissement une heure plus tôt. Et je commençai à raconter à Ndiak, à voix basse pour ne pas être
entendu par nos gens ainsi que par les villageois proches
de nous, l'histoire de Maram Seck.

Il ne tenait qu'à très peu de choses, un mot à la
place d'un autre, une hésitation entre deux phrases
trop courtes ou trop longues, pour que Ndiak voie
en Maram un monstre. Or je crus lire dans ses yeux

à plusieurs reprises l'incrédulité et l'épouvante. Selon une gestuelle associée à une onomatopée qui n'appartient, à ma connaissance, qu'aux Wolofs du Sénégal, il ne cessait plus de répéter, en tapotant sa bouche avec l'extrémité des doigts de sa main droite, quelque chose comme : « *Chééé Tétét. Chééé Tétét.* » Cette marque de sidération m'inquiétait car je voulais gagner Ndiak à la cause de Maram. Il fallait qu'elle ne lui apparaisse pas comme une meurtrière mais comme la victime de deux hommes qui avaient abusé d'elle : d'abord son oncle, qui avait été assez dénaturé pour essayer de la posséder, ensuite Estoupan de la Brüe, qui l'avait troquée contre le fusil de Seydou Gadio pour tenter de réussir là où Baba Seck avait échoué. Je choisis de mener cette entreprise de séduction narrative en ne cachant pas à Ndiak que j'aimais Maram afin que, s'il était vrai qu'il était mon ami, et malgré la crainte qu'elle lui inspirait, il m'aide à la sauver du châtiment qu'on lui infligerait sans doute, si Seydou Gadio la retrouvait.

Je m'employai donc à présenter Maram à Ndiak comme une très belle jeune femme dont j'étais très amoureux, allant jusqu'à lui avouer que je l'avais surprise toute nue pour que, confondant le désir et l'amour, comme la plupart des jeunes gens de son âge, Ndiak comprenne mieux l'élan qui me portait vers elle. Je choisis également de mentir sur la façon dont s'était déroulée la mort de Baba Seck. Je ne cachai pas à Ndiak ce que je pensais plausible : Maram avait dressé un énorme serpent pour tuer son oncle. Mais je lui racontai qu'avant de m'évanouir de frayeur à l'affreux spectacle de la fin de Baba Seck, j'avais vu distinctement Maram franchir le seuil de sa case en courant. Cela était faux, mais il me paraissait important que Ndiak n'ait aucun doute sur ce point.

– *Chééé Tétét*... Tu en es certain, Adanson, tu as bien vu Maram sortir de la case pendant que le boa tuait son oncle ?

Je lui assurai à plusieurs reprises que oui. D'ailleurs, il ne me semblait pas lui mentir beaucoup car si je ne l'avais pas vue de mes propres yeux sortir de la case, je ne doutais pas que Maram l'ait fait alors que j'étais inconscient.

Mais Ndiak, qui m'avait bien écouté, quittant la scène finale du crime auquel j'avais assisté, me demanda de revenir sur un autre moment incroyable à ses yeux : celui de la fuite de Maram du bateau d'Estoupan de la Brüe.

– Mais, Adanson, si ce que Maram t'a raconté est vrai, comment a-t-elle pu s'enfuir du bateau sans qu'on la voie ? Je l'ai vu à Saint-Louis et je sais qu'il y a toujours un ou deux marins de quart pour surveiller son pont, même au cœur de la nuit. Maram ne peut pas avoir plongé du bateau sans s'être... *Chééé Tétét* !

L'image traversant l'esprit de Ndiak lui était apparue si monstrueuse qu'il n'avait pu achever sa phrase. Là encore, je dus mentir et modifier l'histoire que m'avait raconté Maram. J'inventai donc qu'elle avait enjambé un marin assoupi, allongé en travers du petit escalier qui menait au pont du bateau. Et que la puissance du courant qui l'avait emportée était telle que, malgré le bruit de son plongeon qui avait alerté les marins, ces derniers n'avaient pas osé mettre une chaloupe à la mer pour la poursuivre.

Je me surprenais moi-même d'arriver à broder si facilement des péripéties imaginaires sur la trame de l'histoire de Maram. Je comprenais les questions de Ndiak. Je les aurais moi-même posées à Maram si j'avais pu l'interrompre. Mais elle avait si bien enchaîné les épisodes de son histoire qu'il m'aurait été impossible de rompre cette chaîne sans risquer de l'indisposer contre moi. Je reconnaissais que j'avais été happé par son récit et que j'avais accepté sans trop réfléchir certaines de ses incohérences. Mais il me revenait de les taire pour que Ndiak reste mon allié dans la défense de Maram.

Je me gardai bien ainsi d'évoquer la façon dont, selon le récit de Maram, la vieille guérisseuse Ma-Anta, guidée par un rêve prémonitoire, l'avait retrouvée mourante au beau milieu d'une forêt. Il ne m'apparut pas raisonnable non plus de répéter à Ndiak, comme Maram l'avait prétendu, qu'un lion et une hyène les avaient escortées, elle et Ma-Anta, jusqu'au village de Ben. Cet épisode m'avait fait penser à ces tableaux naïfs du jardin d'Éden où les animaux, même les plus ennemis par nature, ne s'attaquaient jamais entre eux. Et je trouvai que j'avais eu raison de me taire sur cet épisode quand, peu après, Ndiak m'apprit qu'il avait vu de ses propres yeux, alors que je gisais encore évanoui sur mon brancard de fortune, à la lisière de la forêt de Krampsanè, un lion et une hyène, côte à côte, cueillir délicatement dans leur gueule des poissons séchant sur le toit d'une case du village de Ben. Celle de Ma-Anta et de Maram.

XXVIII

Fusil à l'épaule, Seydou Gadio marchait quelques pas derrière elle, sans paraître craindre que Maram ne s'enfuie.

Il l'avait retrouvée bien loin vers le nord, aux limites de la forêt de Krampsanè. Cela avait été simple, ses traces étaient particulièrement évidentes. À côté de la marque de ses pas, il avait suivi le trait continu de la pointe d'un bâton qu'elle avait laissé traîner au sol, comme pour mieux être repérée par son poursuivant. Assise, le dos appuyé contre un arbre, seul ébénier au milieu de tous les dattiers et les palmiers de cette forêt, elle lui avait dit qu'elle l'attendait et que s'il voulait bien la laisser enterrer le bâton sous l'ébénier elle le suivrait ensuite sans lui opposer de résistance. Seydou avait accepté et, une fois le bâton enseveli, que le guerrier avait décrit recouvert de cuir rouge et incrusté de cauris, elle avait repris d'elle-même le chemin du retour au village de Ben.

Je ne voyais qu'elle. Maram portait une tunique bleu indigo et blanc qui lui tombait jusqu'aux pieds. Sous cette tunique ouverte aux côtés, le même habit blanc d'une pièce que la veille. Ses cheveux étaient cachés sous un foulard dont le nœud, pris dans les plis d'un tissu jaune pâle, était invisible. La tête haute, elle passa

193

devant moi sans me jeter un regard. Sa marche était aérienne, elle me donnait l'impression de glisser au-dessus du sol.

Mon cœur battait très fort. J'étais déçu et soulagé à la fois qu'elle ne m'ait pas regardé. Qu'auraient-pu me dire ses yeux ? J'avais l'espoir insensé qu'ils me révèlent un amour équivalent au mien. Mais je pensais que je ne pouvais pas lui plaire. Rien ne me distinguait des autres hommes si ce n'est la couleur de ma peau, qu'elle trouvait peut-être détestable comme la plupart des Blanches celle des Nègres. Je souffrais. J'éprouvais pour Maram une passion fulgurante et il me paraissait impossible qu'elle la partage avec moi. Il était absurde d'imaginer, si jamais elle devait m'aimer, que son amour ait la spontanéité du mien et qu'il ait pu entrer dans son cœur sans préavis, sans concessions, sans tractations intérieures. La vie de Maram était loin d'être propice à l'éclosion immédiate de l'amour. Ses malheurs étaient dus à des hommes qui voulaient faire d'elle l'objet de leur plaisir. N'aurait-elle pas pris mes avances pour un simple appétit charnel, aussitôt oublié qu'assouvi ? Pour lui prouver, et à moi-même aussi peut-être, que ce n'était pas seulement l'envie d'elle qui agitait mon cœur, il m'aurait fallu du temps. J'aurais voulu la courtiser avec toute la délicatesse possible, de celle qui est inspirée par le désir de plaire à l'être aimé. Mais la Providence en décida autrement et son premier instrument fut l'inflexibilité du chef de notre escorte.

Seydou Gadio, l'homme qui m'avait sauvé la vie à Keur Damel, avait aussitôt reconnu son fusil près du cadavre défiguré gisant dans la case de Maram. C'était la même arme qu'il avait troquée contre une très jeune fille sur l'ordre d'Estoupan de la Brüe, trois ans auparavant. Bien qu'elle ait changé et soit devenue une femme, il avait reconnu ses traits et sa grâce dès qu'il l'avait aperçue sous l'ébénier. Si donc on avait retrouvé le cadavre d'un homme dans sa case, elle devait être de près ou de loin responsable de sa mort. Il y avait de fortes chances pour qu'elle ait voulu se venger de l'homme qui avait tenté de la violer sous ses propres yeux, ceux de son acolyte Ngagne Bass et d'Estoupan de la Brüe, alors qu'ils chassaient tous les trois près du village de Sor. Sans compter que le mort l'avait vendue comme esclave contre un fusil. Par conséquent, Seydou ne voyait pas pourquoi il ne devait pas rendre la jeune femme à son propriétaire, qui était M. de la Brüe. Et pour bien faire, il la conduirait chez M. de Saint-Jean, le gouverneur de Gorée, qui trouverait un moyen de la restituer à son frère.

J'eus beau expliquer à Seydou – sans lui révéler comme je l'avais fait à Ndiak qu'elle était la nièce du mort – qu'une jeune femme de la corpulence de Maram n'avait pas la force d'écraser un homme de l'horrible façon qu'il avait constatée, que le meurtrier était un boa, que c'était lui le coupable qu'il fallait arrêter, le vieux guerrier ne voulut rien entendre.

Seydou Gadio, qui n'avait pas l'habitude d'être contredit, s'emporta même quand je prétendis que nous devions laisser Maram tranquille à Ben. Sa colère alla si loin qu'il me menaça de son fusil en criant qu'il me tirerait dessus si je l'empêchais de faire son devoir. Ndiak réussit à le calmer un peu. Cela n'empêcha pas Seydou de proclamer aux villageois qui s'étaient attroupés autour de nous qu'il était de leur intérêt d'éviter de retenir Maram à Ben, sous peine de terribles représailles. Mais les villageois, qui s'impatientaient depuis qu'ils avaient retrouvé celle qu'ils imaginaient être un avatar de Ma-Anta, leur vieille guérisseuse, protestèrent que

Seydou n'avait pas le pouvoir de la leur enlever. Ben n'appartenait pas au royaume du Waalo, mais à celui du Kayor. Le roi du Kayor, le *damel*, était représenté au Cap-Vert par sept sages lébous qui se réunissaient une fois par mois au village de Yoff pour rendre justice. Ils s'engageaient à conduire leur guérisseuse à Yoff dès le lendemain auprès des sept sages qui jugeraient de ce qu'il convenait de faire.

À la tête des villageois se trouvait Senghane Faye, dont Maram avait guéri la petite fille et qu'elle avait envoyé à Sor comme messager pour attirer son oncle à Ben. Senghane Faye n'était pas guerrier de métier mais il tenait une sagaie et faisait mine de vouloir en faire usage contre Seydou qui, de son côté, se montrait prêt à tirer un coup de fusil sur la tête de Senghane au moindre prétexte.

Dans la confusion générale que cette querelle entraînait, Maram, qui jusqu'alors était demeurée silencieuse, éleva tout à coup la voix et je fus pris de court, moi qui voyais déjà ce moment comme un moyen de m'illustrer à ses yeux.

– Au nom de Ma-Anta, je vous demande de m'écouter, cria-t-elle. Vous êtes de bonnes personnes. Aucun d'entre vous n'est venu me solliciter pour un acte de magie hostile à son prochain pendant les deux années où j'ai secondé Ma-Anta. Votre véritable guérisseuse m'a recueillie alors que j'errais dans la forêt de Krampsanè il y a trois années de cela. Elle m'a choisie comme disciple. Et depuis qu'elle est partie se reposer dans la forêt, il y a un an, c'est moi, Maram Seck, qui suis devenue votre guérisseuse. Mais j'ai trahi la confiance de Ma-Anta et la vôtre. Un crime a été commis dans votre village et j'en suis la responsable. Si le mal a fait irruption ici à Ben, c'est de ma faute. Je vous demande

196

donc de laisser cet homme, Seydou Gadio, m'amener où bon lui semble et de ne pas l'empêcher de vous sauver de moi qui ai brisé l'harmonie de vos vies.

Ces quelques paroles de Maram suffirent à apaiser les villageois, qui retournèrent un à un vaquer à leurs occupations. Seul Senghane Faye semblait hésiter à se ranger à l'ordre qu'elle avait donné de la laisser partir. Mais un regard qu'elle lui lança, et que je surpris, finit par le convaincre à son tour de l'abandonner à son sort.

Je me retrouvais donc seul à vouloir empêcher Seydou Gadio de conduire Maram sur l'île de Gorée, l'île des esclaves. C'était l'endroit le plus dangereux qui soit pour elle, la première étape sur le chemin d'une punition dont je pressentais la violence. Si ce qu'elle m'avait raconté de sa rencontre avec Estoupan de la Brüe était vrai, je savais que le directeur de la Concession du Sénégal était homme à se venger au centuple d'une offense, surtout si elle venait d'une Négresse. Je me sentais d'autant plus désemparé que Maram évitait toujours de croiser mon regard, comme si elle se refusait à m'accorder le moindre signe de connivence qui aurait pu m'encourager à m'opposer à Seydou Gadio. J'aurais tant désiré qu'elle me lance un regard aussi dur que celui qui avait retenu Senghane Faye d'agir. J'aurais été ainsi au moins digne de sa réprobation qui me paraissait cent fois préférable à son indifférence. Je ne connaissais pas encore assez la vie à cette époque pour comprendre que l'application avec laquelle Maram jouait l'indifférence à mon égard pouvait être un signe paradoxal de prédilection. Quand je l'ai compris, il était trop tard pour qu'elle me confirme en paroles ce que son attitude aurait pu me révéler si j'avais été plus perspicace.

Alors que j'ignorais comment réagir pour aider Maram sans son accord, l'espoir de la sauver de son châtiment pour le meurtre de son oncle, qu'elle avait avoué à demi-mot, me vint de Ndiak. Il me fit signe de le rejoindre à l'écart des autres.

— Écoute, Adanson. Le vieux Seydou Gadio ne reviendra pas sur sa décision. J'ai donc décidé d'aller demander à mon père la grâce de Maram Seck. Selon le code des esclaves, elle n'appartient plus à Estoupan de la Brüe dès lors qu'elle a réussi à s'enfuir de son domaine depuis plus d'un an. Mon père a le droit de la gracier parce qu'elle est sa sujette, tout comme Baba Seck. Le roi du Kayor, non plus que les sept sages qui le représentent au Cap-Verd, n'a pas son mot à dire puisque l'oncle de Maram est originaire du village de Sor, lequel appartient au royaume du Waalo. Je vais donc galoper jusqu'à Nder, notre capitale, en longeant l'océan depuis Keur Damel jusqu'à Saint-Louis. Je te promets qu'avec l'aide de mon coursier Mapenda Fall je te rapporterai une réponse, bonne ou mauvaise, d'ici sept jours tout au plus. Quant à toi, accompagne Seydou et Maram à Gorée. Il est préférable pour elle que tu ne la quittes pas.

S'il me paraissait fou, ce projet était le seul espoir de sauver Maram auquel je pouvais me rattacher. J'étais reconnaissant à Ndiak de tenter d'arracher à son père, qu'il n'aimait pas, une clémence à laquelle il n'avait accoutumé personne depuis le début de son règne. Mais j'étais aussi inquiet pour mon jeune ami. Son voyage le mettait en danger car Ndiak n'entendait pas se faire accompagner et j'étais certain que son cheval exciterait la convoitise de tous les guerriers qu'il rencontrerait sur sa route vers Nder.

Quand je le lui dis, il haussa les épaules. Il n'avait pas peur, il m'emprunterait mon fusil. Armé, personne n'oserait l'attaquer.

— Un point m'apparaît plus grave pour toi, ajouta-t-il. Je suis contraint de révéler la véritable identité de Maram. Je vais devoir expliquer à mon père que son propre oncle, le chef du village de Sor, a tenté de la violer. C'est au prix de cette terrible vérité qu'elle peut être graciée. Nous exposons sa famille à une honte publique que, selon ce que tu m'as dit, Maram ne souhaite pas. Si tu la sauves, tu la perds de réputation et tu la perds tout court, car jamais elle ne voudra de l'homme qui a permis la publication du déshonneur des Seck du village de Sor.

Je ne réfléchis pas longtemps. J'aimais trop Maram pour l'abandonner à un châtiment qui pouvait entraîner sa mort et je l'aimais assez pour qu'elle vive, même loin de moi. Quitte à ce qu'elle me haïsse pour l'initiative que nous avions prise pour la sauver, je répondis donc à Ndiak que je préférais Maram vivante à l'honneur de sa famille.

Ndiak retourna auprès de Seydou Gadio pour lui annoncer son projet d'aller à Nder demander la grâce de Maram, sans toutefois lui révéler son identité. Et, après avoir collecté quelques provisions dont il avait lesté la selle anglaise de son cheval, selle que le roi du Kayor lui avait offerte à Meckhé, il s'en alla au petit trot. Le cœur serré, je le regardai s'enfoncer dans la forêt de Krampsané.

Je l'avais connu enfant, il était devenu un homme. Je savais bien que rien de bon ne pouvait résulter de sa démarche. Il risquait, par amitié pour moi, d'hypothéquer toutes ses chances de devenir un jour roi. Car, même si cela lui était interdit par les lois de succession du royaume du Waalo, j'avais compris que Ndiak briguerait ce titre pour faire honneur à sa mère, Mapenda Fall. Mais on se moquerait de lui, on s'interrogerait sur sa santé mentale quand on apprendrait qu'il avait fait tout ce chemin pour demander au roi, son père, la grâce d'une jeune femme meurtrière de son oncle. Encore, s'il avait entrepris ce voyage pour son propre compte, on aurait attribué sa folie à sa jeunesse. Le roi aurait gracié Maram en pensant que son fils voulait en faire une concubine dont il se lasserait vite. Cela aurait même pu apparaître comme la jolie passade d'un jeune prince amoureux pour la première fois. Les griots louangeurs auraient chanté son voyage périlleux pour sauver une esclave de son châtiment comme un haut fait dérisoire mais beau. Et Ndiak aurait ainsi commencé à bâtir la légende de son ascension vers le pouvoir, insinuant dans l'esprit de ses « égaux » la certitude de son intrépidité, qualité première d'un jeune prétendant au trône.

Que penserait-on de lui quand on apprendrait qu'il s'était exposé à tant de dangers pour solliciter de son père la grâce d'une jeune femme au bénéfice d'un autre homme et que cet autre homme était un Blanc ? Ne deviendrait-il pas la risée de tous ? Les mêmes griots qui auraient pu chanter sa gloire naissante ne le présenteraient-ils pas aussitôt, dans leurs palabres plus ou moins secrètes, comme un agent servile des moindres caprices des *toubabs*, indigne de son père ?

Telles étaient les réflexions qui traversaient mon esprit en voyant Ndiak courir à sa perte pour moi.

Ma chère Aglaé, je n'ai pas eu plus de deux ou trois amis dans ma vie. Ndiak est, je le crois profondément, le seul qui se soit sacrifié pour moi. Je ne suis pas certain que dans des circonstances similaires j'aurais pu lui rendre la pareille, faute d'une grandeur d'âme identique à la sienne.

Gadio leaves Maram earlier to Gorée

XXIX

Lead from Ben to Gorée

Quelques heures après le départ de Ndiak, nous quittâmes à notre tour le village de Ben, qui était, à vol d'oiseau, à moins de deux lieues de l'île de Gorée. Il fallait emprunter pour s'y rendre des pirogues dont le point de départ se trouvait sur une petite plage. Embarquer pour Gorée de l'anse Bernard *cove/harbor* n'était pas simple : un pilote était nécessaire pour passer les récifs qui fermaient la plage, et à l'heure où nous arrivâmes à cet endroit aucun des pilotes permettant le passage ne s'y trouvait encore.

Je me réjouissais déjà de ce contretemps qui accorderait un délai supplémentaire à Ndiak pour aller et venir de Nder. Mais, sans doute impatient de se débarrasser de Maram et d'être fortement récompensé de son dévoûment *devotion* pour Estoupan de la Brüe, Seydou Gadio prit le parti de réquisitionner une pirogue de plus petite taille que celle qui assurait d'ordinaire *ordinarily* la liaison du continent avec l'île de Gorée. C'est ainsi que Maram et Seydou quittèrent l'anse Bernard à bord d'une pirogue pilotée par un jeune pêcheur tandis que je dus patienter jusqu'au lendemain matin pour pouvoir les rejoindre.

Quand j'arrivai enfin sur l'île de Gorée, je me précipitai chez M. de Saint-Jean, gouverneur de l'île et frère d'Estoupan de la Brüe.

201

J'étais en cheveux alors que M. de Saint-Jean portait une perruque bien peignée. Je n'étais pas rasé depuis près d'une semaine alors qu'il était glabre et poudré. J'étais vêtu des habits que Maram m'avait donnés l'avant-veille : un pantalon bouffant en coton blanc et une chemise à motifs bleus, violets et jaunes, ouverte sur les côtés. Si Ndiak ne m'avait pas prêté des sandales en cuir de chameau, je serais allé pieds nus. Saint-Jean, lui, portait chapeau, redingote, culotte, bas de soie et chaussures à boucles argentées. J'avais mal dormi sur la plage même d'où la pirogue devait partir le lendemain matin pour Gorée. Assailli par les moustiques, malgré la protection d'un pagne, j'avais le visage recouvert d'une myriade de boutons rouges. Saint-Jean, qui se tenait sur un balcon intérieur au premier étage de son gouvernorat, avait paru surpris en me voyant aussi négligé.

Aussitôt après l'avoir rejoint, je me sentis obligé de lui préciser que, le temps pressant, je n'avais pas pu récupérer mes affaires, restées sur la plage de l'anse Bernard. Je le priai de m'excuser de paraître devant lui ainsi accoutré. Comme je n'avais pas parlé français depuis plusieurs semaines, je m'exprimais très mal et, déconcerté par le rythme étrange qui s'était imposé à elle malgré moi, je fus gêné par l'accent wolof qu'avait pris ma langue maternelle.

Saint-Jean, qui n'avait pas ôté son chapeau pendant les salutations d'usage que j'étais parvenu à lui débiter malgré mon trouble, me demanda de but en blanc quelle pouvait être l'affaire si pressante qui m'avait précipité de la sorte chez lui, à Gorée. Sans attendre ma réponse, qu'il connaissait sans doute déjà par Seydou Gadio, et comme il s'apprêtait à se mettre à table, il m'invita à partager son repas. En lui emboîtant le pas pour gagner la salle à manger ouverte sur un balcon donnant sur la mer, je me fis la réflexion que mon apparence extérieure me plaçait dans une position d'infériorité qui risquait de desservir la cause de Maram.

J'étais d'autant plus dérouté que Saint-Jean me paraissait avoir au moins le double de mon âge. Beaucoup plus grand et corpulent que moi, il était aussi blond que son frère Estoupan de la Brüe était brun. Ses yeux bleus très clairs, à fleur de tête, étaient la seule particularité de son visage flasque et lui donnaient un air absent qui me déconcertait. Il me désigna d'un geste vague de sa main gauche, serrée sur un mouchoir brodé, ma place à table, à l'opposé de la sienne. À son ordre murmuré, un domestique nègre dressa mon couvert. Sans attendre, Saint-Jean commença à avaler la soupe qu'on lui avait servie, y jetant entre deux lampées de gros morceaux de pain qu'il aspirait bruyamment et avalait sans les mâcher. Il ne leva à nouveau les yeux sur moi qu'au moment d'ordonner qu'on remplisse à nouveau son verre de vin.

Accompagnant sa question d'un geste tout aussi vague que le précédent, Saint-Jean m'interrogea une seconde fois d'un ton ironique :

– Alors, monsieur Adanson, que me vaut l'honneur de votre visite au débotté ?

Lorsque j'étais venu à Gorée en bateau depuis Saint-Louis, trois ans plus tôt, en compagnie de son frère, Saint-Jean ne m'avait pas manqué de respect. Sans doute la façon dont Seydou Gadio lui avait raconté l'intérêt que je portais à Maram m'avait-elle rabaissé à ses yeux, aussi bien que mon apparence misérable. Si la première fois que je l'avais rencontré je n'étais qu'un honnête petit savant français digne d'une certaine considération d'ordre patriotique, la seconde, je n'étais plus qu'un Blanc déguisé en Nègre. Saint-Jean était de ces hommes très souvent pitoyables de courtisanerie devant leurs « supérieurs », mais toujours impitoyables pour leurs « inférieurs », au rang desquels j'étais irrémédiablement ravalé désormais.

Mon amour-propre, déjà révolté par son impolitesse, ne supporta pas la pesante ironie de sa question. Formulée pour m'abattre, elle me rendit d'un coup l'assurance que je croyais avoir perdue. Puisqu'il avait délibérément choisi d'être grossier, je décidai de l'être aussi. Sur ce pied-là au moins, nous serions à égalité.

— Où est-elle ? lui demandai-je alors sans détour.

N'essayant pas de jouer à celui qui n'avait pas compris, Saint-Jean me répondit en frappant le plancher du talon de sa chaussure :

— Sous nos pieds.

— Maram est innocente du crime dont on l'accuse.

— Ah, elle s'appelle Maram… Mais de quel crime parlez-vous ? S'il s'agit du Nègre écrasé par les anneaux d'un boa géant, selon ce qu'on m'a rapporté, il m'importe peu. En revanche, cette Négresse a assommé mon frère alors qu'il s'apprêtait à l'honorer d'une visite courtoise dans les formes. Vous savez bien, monsieur Adanson, qu'elle n'est pas innocente.

— Comptez-vous la renvoyer à M. de la Brüe ?

— Dans son espèce cette Négresse est une Vénus. Mon frère ne s'y est pas trompé, tout comme vous d'ailleurs. Mais il en est dégoûté depuis qu'elle l'a presque tué. Il me l'a déjà cédée au cas où je la retrouverais. Je vais donc la vendre comme esclave aux Amériques.

En prononçant sa dernière phrase, Saint-Jean tourna la tête vers le balcon ouvert sur la mer et je compris

qu'un bateau négrier devait se trouver non loin de l'île.
Il avait destiné Maram à rejoindre sa cargaison.

Son regard bleu pâle à nouveau posé sur moi, il poursuivit :

– Je la vends à M. de Vandreuil, mon ami gouverneur de la Louisiane. Il aime les beautés nègres, surtout quand elles sont indociles. S'il vous prenait la fantaisie de vouloir m'acheter cette Négresse, sachez que son prix n'est pas dans vos moyens. Pour faire le compte, il faudrait que vous hypothéquiez votre maison, si vous en avez une à Paris, en y ajoutant celle de vos parents.

Je crus mourir de rage, non pas tant parce que Saint-Jean me marquait son mépris en me renvoyant à ma pauvreté héréditaire, mais parce qu'il supposait que j'aurais voulu lui acheter Maram. Cette idée me faisait horreur. J'avais oublié que la couleur de sa peau la reliait naturellement, pour des hommes comme lui, à la grande ronde atlantique du commerce des esclaves. Cet oubli m'avait placé dans la situation de me voir rappelé à l'ordre d'un monde que je détestais par un homme que je haïssais. Saint-Jean voulait me pousser à bout et il y réussit totalement quand il rejeta ma dernière demande. J'avais évoqué, la gorge serrée par la colère, la possibilité de parler à Maram.

– Non, monsieur Adanson, vous ne la verrez pas. La marchandise ne doit pas trouver des raisons de se révolter. Elle doit se résigner à son sort.

Saisissant brusquement l'assiette remplie de soupe que l'on m'avait servie sans que j'y prenne garde, j'allais la lui jeter au visage quand je me sentis ceinturé. Son domestique serrait mes bras le long de mon corps si fortement que je crus qu'il allait les broyer. Saint-Jean fit signe au Nègre de me lâcher et me dit en se levant de son siège :

— Comment peut-on tomber amoureux d'une Négresse ? Est-ce parce qu'elle s'est laissé foutre par vous ? Suivez-moi, nous allons la regarder partir.

Going to watch her leave
diabolique

XXX

he still hopes to save her

J'entendais distinctement une chaloupe approcher et les éclats de voix de marins parlant français. Ils ramaient en chantant quelque chose comme « Souque, souque, moussaillon, j'irons de Lorient à Gorée. Souque, souque, moussaillon, puis de Gorée à Saint-Domingue. » Cette chanson n'était pas aussi rudimentaire que je la rapporte, mais ce sont ces paroles qui m'ont frappé et que ma mémoire me restitue tandis que je les écris.

Sans savoir pourquoi, cette chanson qui devrait me faire de la peine m'est chère, comme si l'éventualité que Maram, enfermée dans son cachot, ait pu l'entendre, même sans la comprendre, la reliait à moi à tout jamais. À cet instant, elle était toujours vivante et, malgré tous les obstacles que Saint-Jean avait dressés entre nous, j'espérais encore la sauver. Son voyage sans retour au pays de l'esclavage, inscrit dans les paroles du chant des marins négriers, me paraissait irréel. J'aimais Maram et je ne pouvais pas croire qu'elle me serait soustraite, avalée par l'horizon, dévorée par l'Amérique.

Comme me l'avait suggéré Saint-Jean en tapant du pied, Maram était prisonnière, avec d'autres Nègres, des cachots situés sous le plancher de sa salle à manger. J'étais vaincu par le gouverneur de Gorée, par son monde, dont la force, aussi puissamment inexorable que

207

la loi de l'attraction universelle, entraînait après elle les corps et les âmes des Nègres comme des Blancs.

Titubant, privé soudain de ressort, je traversai la salle à manger à sa suite, toujours escorté par son domestique, et nous descendîmes, empruntant un des deux escaliers en arc de cercle symétriques qui aboutissaient dans la cour intérieure de la maison. Au centre exact de sa façade, entre le départ des deux mêmes escaliers qui conduisaient aux appartements de Saint-Jean, d'où nous venions, se trouvait une lourde porte en bois renforcée par de gros clous. Posté près d'elle, un garde l'ouvrit sur l'ordre du gouverneur. Une forte odeur d'urine me frappa. Tout était obscur. Le garde entra et je l'entendis courir. Il ouvrit une autre porte aussi lourde que la première, une vingtaine de mètres plus loin, au bout d'un corridor bordé de part et d'autre de cachots fermés par de hautes grilles. Cette seconde porte donnait sur la mer. Un flot d'air frais chassa vers nous un supplément de l'odeur nauséabonde des cachots, dont l'intérieur restait sombre malgré la lumière qui essayait de l'envahir.

Plaquant son mouchoir en dentelle sur son nez, Saint-Jean entra le premier dans le corridor et marcha sans jeter de regard autour de lui jusqu'à la porte opposée. Je le suivis, cherchant des yeux Maram. Je ne vis qu'un amoncellement d'ombres agglutinées au fond des cachots, se tenant loin des grilles. Au-delà de la porte, un ponton était jeté sur l'océan. Saint-Jean s'y engagea. Le bruit de ses pas sur les lames de bois était couvert par la grande rumeur des vagues frappant des rochers noirs et luisants qui hérissaient la mer. On aurait dit des dents de pierre prêtes à se refermer sur lui. Je restai en arrière, à l'orée du ponton, retenu par la main du garde sur mon épaule.

Les marins dont j'avais entendu les chants portés par le vent jusqu'à la salle à manger de Saint-Jean,

un étage au-dessus, avaient accosté leur chaloupe au
ponton. Quatre d'entre eux, armés de fusils, rejoignirent
Saint-Jean qui leur désigna de l'index les cachots. Ils
avancèrent vers moi et le garde me fit reculer au milieu
du corridor car une seule personne à la fois pouvait
franchir la porte. Deux marins, fusil en bandoulière,
entrèrent sans me saluer. La première grille qu'ils firent
ouvrir devant moi par le gardien de la prison laissa passer une dizaine d'enfants, nus pour la plupart, dont le
plus âgé devait avoir huit ans et le plus jeune quatre,
peut-être. Ils allaient deux par deux, à la queue leu leu,
se tenant par la main, précédés par l'un des deux marins
et suivis par l'autre. Ils passèrent la porte. Je les voyais
avancer à petits pas, titubant, sans doute aveuglés par
les éclats de lumière réfléchis par la mer. Le soleil à
son zénith mangeait l'ombre sous leurs pieds. Une fois
arrivés au bout du ponton, on aurait dit qu'aussi légers
que des poupées de chiffon, attrapés sous les aisselles,
ils étaient jetés à l'eau pour être noyés car la chaloupe
où ils étaient reçus en contrebas par d'autres marins
restait invisible au-delà des dernières planches de
l'embarcadère. Lorsqu'ils eurent tous disparu, englou-
tis par l'océan, le garde ouvrit le cachot des femmes.

La première qui en sortit fut Maram. Elle était habillée telle que je l'avais vue partir pour l'île de Gorée
depuis la plage de l'anse Bernard, prisonnière de Seydou
Gadio. Mais là, elle avait serré autour de sa taille la
pièce de tissu jaune pâle qu'elle portait la veille délicatement nouée sur la tête. J'étais presque à sa hauteur
quand elle s'avança hors du cachot, les bras tendus,
comme le lui avait commandé le garde pour mieux
l'enchaîner. Je pouvais voir son beau profil, son front
bombé, son nez dont les contours étaient soulignés par

un trait de lumière venu de la porte ouverte sur la mer, depuis sa gauche.

Saint-Jean avait voulu que je la voie une dernière fois. S'il n'entrait pas dans son système qu'un Français puisse tomber éperdument amoureux d'une Négresse, il avait pensé sans doute que le dépit de la perdre au profit d'un autre homme me ferait souffrir. Mais il ne soupçonnait pas que ce qui me désespérerait au-delà de tout serait le geste de Maram de tendre les bras vers ses chaînes comme si elle s'offrait d'elle-même en sacrifice, résignée à son destin.

Dans un élan instinctif que ne put retenir cette fois-ci le Nègre de Saint-Jean qui se tenait derrière moi, je me jetai sur le garde qui s'apprêtait à enchaîner les poignets de Maram et le fis tomber au sol. Profitant de la confusion qui suivit, je parvins à saisir une main de Maram pour l'entraîner vers le seul endroit ouvert devant nous, la porte donnant sur le ponton. Nous la passâmes en courant, elle et moi, brièvement serrés l'un contre l'autre, sa main droite dans ma main gauche.

Pendant les quelques secondes que dura notre course je crois que je fus heureux. Mieux que des mots d'amour, qu'un regard tendre ou qu'une étreinte passionnée, la main chaude de Maram serrant la mienne provoqua dans mon esprit la sensation souvent décrite par ceux qui prétendent être revenus de la mort. Mais, au lieu d'un défilé rapide des souvenirs de toute une vie sur le point de s'achever, mon esprit m'offrit l'esquisse rêvée d'une existence heureuse et imaginaire avec elle. Une brève intuition de joies intenses non encore écloses. Une symbiose exempte des désillusions et des amertumes que le monde tel qu'il hait la différence aurait sans doute jetées sur notre amour.

Maram et moi venions de franchir la porte d'un voyage sans retour.

J'avais bousculé dans notre course deux marins et nous avions presque atteint l'extrémité du ponton quand a éclaté le coup de fusil qui m'était destiné. Il était écrit là-haut que la balle qui me visait ne m'atteindrait pas. Emportée par l'élan de notre course, Maram ne s'écroula pas à plat ventre au bout de l'embarcadère, comme je le fis, mais tomba à l'eau, frôlant la proue de la chaloupe chargée des enfants esclaves. Je la vis s'enfoncer dans la mer puis remonter à sa surface, projetée en l'air par le bouillonnement d'une vague qui l'emporta vers le large. Elle était inerte, allongée dans un linceul d'écume vermeille qui commençait à recouvrir son corps.

J'allais me jeter après elle, non pas pour la sauver, car elle était perdue, mais pour la rejoindre dans la mort. Mais à peine essayais-je de m'élancer que je fus plaqué au sol, juste au rebord du ponton. Là, le cou tendu, tandis que je sentais un genou pressant mon dos, je crus voir une dernière fois le profil lumineux de Maram pris dans un filet de bulles irisées, tout juste avant d'être happé par l'Atlantique. Clapotis, vaguelettes, submersion.

Orphée

accablé anéanti

XXXI

feels he killed her

Il n'y a pas d'humiliation que Saint-Jean, d'abord enragé par la perte de sa « marchandise », n'ait essayé de m'infliger. Mais aucune d'elles ne pouvait me toucher, j'étais recroquevillé sur ma souffrance. Pourquoi avais-je bousculé le garde, m'étais-je emparé de la main de Maram ? J'étais responsable de la mort de ma bien-aimée éphémère. Mon acte irréfléchi était égoïste. J'étais comme Saint-Jean, j'avais voulu me l'approprier. Pour tenter de me disculper, je me raccrochais à l'abandon de sa main dans la mienne. Maram avait paru accepter que nous courions ensemble vers la mort, que nous associions nos destinées. Mais s'agissait-il d'une preuve d'amour ? Ne lui prêtais-je pas des sentiments qui n'appartenaient qu'à moi ? Elle m'avait accordé sa main pour une marche nuptiale qui s'était achevée en marche funèbre. Ma folie l'avait renvoyée aux Enfers, comme Orphée Eurydice.

J'étais obsédé de tant de sentiments contradictoires, prisonnier de réflexions si amères, que rien de ce qu'entreprit Saint-Jean pour m'avilir ne put m'atteindre. Mon esprit était comme ces tortues de mer qui, surprises sur une plage, s'enferment et ne sortent pas de leur carapace même lorsqu'on les jette dans les flammes.

Une fois tous les esclaves embarqués sur le bateau négrier, je fus emprisonné dans le cachot des femmes, sous la salle à manger de Saint-Jean, sous ses pieds. Je me retrouvai plongé dans l'obscurité de ce lieu immonde où Maram avait été quelques heures auparavant. Saint-Jean avait vu juste : aucun autre endroit au monde n'aurait pu plus cruellement rallumer ma souffrance.

Je me sentais mal, j'avais très chaud. Une âcre odeur d'urine et de déjections, sans doute celles de tous les enfants apeurés qui y avaient été enfermés, montait du cachot voisin. Imprégnant le sol en terre battue, suintant des murs, des relugles de douleurs inconsolables, des sédiments de cris de femmes démentes, d'enfants volés à leur mère, de frères pleurant leurs sœurs, de suicides silencieux, m'étouffaient. Je me tenais debout les mains accrochées aux barreaux de ma prison pour ne pas tomber dans la fange sur laquelle mes pieds nus glissaient. Saint-Jean avait veillé à ce que le cachot où il m'avait fait enfermer ne soit pas nettoyé. Bientôt, je crus sentir des rats frôler mes pieds et je me mis à pleurer en pensant qu'ils avaient peut-être mordu Maram.

Mais le pire était que, seul face à moi-même, je ne me reconnaissais plus. J'avais perdu la raison. Pourquoi avais-je tenté de la sauver d'une façon si irréfléchie ? N'aurais-je pas dû essayer de retarder son départ, de faire miroiter à Saint-Jean que j'avais les moyens de l'acheter le double du prix qu'il se promettait d'en tirer de M. de Vandreuil ? Que m'aurait coûté de jouer la comédie d'une passion graveleuse pour Maram, dont Saint-Jean aurait fini par rire et qu'il se serait amusé à favoriser par solidarité virile ? Qu'auraient importé les moyens si, à la fin, Maram était restée en vie ? Mais au lieu de garder la tête froide, de suivre un plan qui aurait joué sur la bassesse d'âme du gouverneur de Gorée, je m'étais laissé emporter par l'émotion de la voir tendre les mains pour qu'on l'enchaîne.

J'avais interprété son geste comme un renoncement, l'acceptation d'un crime qu'elle n'avait pas commis. Résignée à ne pas pouvoir revenir au village de Sor, convaincue que l'honneur de sa famille était irrémédiablement perdu par sa faute, elle avait trouvé juste de devenir esclave. Mais savait-elle ce qui l'attendait au-delà de l'Atlantique ? Pensait-elle comme beaucoup d'autres esclaves nègres qu'on la conduisait dans un abattoir pour nourrir les Blancs de là-bas ? Cette mort-là, loin de chez elle, lui était-elle indifférente ? Moi je savais bien ce qui l'attendait dans les champs de canne à sucre de Saint-Domingue ou bien dans le lit de M. de Vandreuil, le gouverneur de la Louisiane, l'ami de Saint-Jean.

Saint-Jean ne me fit pas retenir dans ce cachot plus d'une demi-journée. Non pas par pitié, mais parce qu'il savait qu'il n'était pas de son intérêt de me garder plus longtemps. J'avais un avantage sur lui qui l'empêcherait de rapporter en France ma folle tentative de sauver une Négresse dont j'étais amoureux. Le risque était grand que je le dénonce à ses supérieurs. Vendre à prix d'or de belles esclaves pour son propre compte n'aurait sans doute pas entraîné son renvoi car c'était une pratique tolérée chez les gouverneurs de l'île de Gorée quand elle n'était pas exagérée. Mais elle aurait mis en danger sa carrière. Il n'aurait pas été de bonne politique d'offrir à des concurrents, qui lorgnaient les mêmes postes prestigieux que lui, l'assurance qu'il existait un témoin, exaspéré, de son enrichissement personnel au détriment de la Concession du Sénégal. Si minimes que soient les pertes occasionnées à son revenu, on ne pouvait pas à cette époque-là voler impunément le roi de France.

Saint-Jean devait se reprocher de m'avoir trop parlé en m'annonçant la vente de Maram à M. de Vandreuil. Je le compris à la lettre qu'il me fit remettre à ma sortie de prison. Il m'écrivait que je ne m'étais pas comporté en homme raisonnable, que je ne gagnerais rien de bon pour ma carrière d'académicien à publier ma malheureuse passion pour une Négresse. Quant à lui, il s'estimait assez vengé du manque à gagner dont j'étais responsable par les quatre heures de cachot qu'il regrettait d'avoir eu à m'infliger. Mais il avait eu le devoir de m'enfermer pour faire bonne figure face à tous ses hommes, qui n'en attendaient pas moins de son autorité. Il concluait que nous serions quittes l'un envers l'autre si je consentais à écrire à mon retour en France quelque chose sur sa bonne administration de Gorée. Par « bonne administration » il fallait entendre les revenus que Saint-Jean procurait à la Concession du Sénégal grâce aux esclaves qu'il réussissait à rassembler et à faire partir de l'île. Quatre cents âmes, bon an mal an, à l'époque où je me trouvais au Sénégal.

Je me suis donc retrouvé libre avant d'avoir eu le temps de penser aux misères de mon propre sort. Si j'étais resté plus longtemps enfermé dans le cachot où avait été Maram, se serait mêlée à mon chagrin la perspective difficile de devoir expliquer à mes parents que j'avais ruiné ma future carrière d'académicien pour l'amour d'une Négresse. Quelque affection qu'il me porte, mon père ne l'aurait pas admis, et je ne suis pas certain non plus que ma mère me l'aurait pardonné.

Saint-Jean me fit quitter l'île de Gorée avec l'ordre de rentrer à Saint-Louis par le chemin le plus rapide, par la plage de la Grande Côte. J'acceptai, car c'était ce chemin que Ndiak devait emprunter pour revenir de Nder où il s'était risqué à aller plaider la cause de Maram auprès de son père, le roi du Waalo.

Lorsque je débarquai sur le continent je retrouvai sur la plage mon escorte armée ainsi que les porteurs de mes malles. Personne ne sut ou ne voulut me dire où était Seydou Gadio, non plus que mon cheval qui avait disparu en même temps que lui. Leurs regards me fuyaient, ils me trouvaient sans doute étrangement sale, dépenaillé, les yeux égarés comme peuvent l'être ceux d'un fou, mais ne songeaient pas à se moquer de moi, pressentant que j'avais envie de mourir.

Indifférent à ma propre apparence, je leur ordonnai de me conduire au village de Yoff situé sur la Grande Côte. Sans Ndiak ni Seydou Gadio, nous n'étions plus que huit. Je suivais de loin les sept nègres, qui marchaient le plus lentement possible pour m'attendre. J'avançais, accablé de remords, traînant les pieds, m'arrêtant souvent, tandis que nous traversions la forêt de Krampsanè. Dès que j'apercevais un ébénier perdu au milieu des palmiers et des dattiers, j'allais ausculter la terre à ses pieds. Peut-être était-ce sur cette racine apparente que Maram, épuisée, avait appuyé sa nuque, attendant la mort après sa fuite du bateau d'Estoupan de la Brüe ? Peut-être était-ce là qu'elle avait enterré le bâton en cuir rouge incrusté de cauris de la vieille guérisseuse Ma-Anta ? Des morceaux de l'histoire de Maram affluaient dans ma mémoire, et une géographie imaginaire se substituait à la réelle. J'allais d'ébénier en ébénier, suivant le parcours de l'histoire de Maram plutôt que le chemin menant à Yoff.

Lorsque nous y arrivâmes enfin, au bout d'une journée d'errance, je fus bien accueilli par le chef du village de Yoff, dont j'avais fait la connaissance lors de mon premier voyage au Cap-Verd. Saliou Ndoye, comme tous ceux qui me croisaient, avait paru effrayé à ma vue. Je compris que pour qu'on me laisse tranquillement ruminer ma peine je devais faire bonne figure. Je me débarrassai donc des habits que je portais encore depuis que Maram me les avait donnés – j'eus toutefois la présence d'esprit de les faire soigneusement nettoyer et ranger dans une de mes deux malles. Je me lavai, me rasai et me changeai. J'agissais comme si j'étais devenu un automate de Vaucanson, livré à la machine de mon corps sans que ma volonté semble y prendre la moindre part. Mon hôte, Saliou Ndoye, est le premier qui, ayant connu le Michel Adanson d'avant, naïf, curieux, sociable et assez gai, comprit que le jeune homme qu'il avait retrouvé n'était plus le même.

J'étais devenu presque aphasique, apathique, plus rien ne m'intéressait, pas même les plantes rares, ni les curiosités de la belle nature qu'offraient les alentours de Yoff. Je ne pouvais plus voir la mer, je la détestais depuis qu'elle avait emporté Maram à tel point que je me demandais comment j'allais pouvoir rentrer en France en bateau. Le mal de mer dont j'avais toujours souffert ne serait rien comparé au vague à l'âme qui m'avait envahi et qui, je l'espérais, s'amoindrirait à mon retour chez moi. Le froid me manquait, l'odeur des sous-bois humides et des champignons, le son des cloches rythmant la vie des champs et des villes de mon pays aussi.

Le genre humain dans son ensemble me paraissait désormais haïssable et je me haïssais moi-même. Une colère continue offusquait ma vue sur le monde et, avec cette sagesse commune aux Nègres du Sénégal, Saliou Ndoye ne prit pas ombrage de mon impolitesse qu'il jugeait involontaire. Il me laissa tranquille dans la concession qu'il m'avait fait attribuer, à moi et mon escorte.

Je ne me ressaisis qu'au bout de trois nuits. Le matin du quatrième jour, nous quittions Yoff en empruntant la plage qui nous conduirait tout droit sur Saint-Louis, au nord. Je me reprochai de n'avoir pas pris la décision de partir plus tôt car, dans mon égoïsme, j'avais oublié que j'obligeais ainsi Ndiak à faire plus de route qu'il n'aurait dû pour nous rejoindre.

Et comme je me l'étais imaginé, deux jours après avoir quitté Yoff, je l'aperçus dans le lointain de la plage avançant vers nous.

Il allait à pied et non pas à cheval. Sa haute et frêle silhouette était très reconnaissable. Depuis l'époque où je l'avais vu pour la première fois, il avait grandi rapidement en taille, mais il n'avait pas forci. Son habit bleu flottait autour de lui comme une petite voile gonflée par le vent, l'entraînant dans ses tourbillons, tantôt en avant, tantôt en arrière. Il marchait péniblement. Un objet très encombrant de couleur brune qu'il serrait contre sa poitrine de ses longs bras maigres ralentissait sa marche titubante et obstinée. Je me mis à courir à sa rencontre et bientôt je pus le voir distinctement. Il était en piteux état, les habits sales, ses bottes de cavalier en maroquin jaune, dont il était si fier, maculées de grandes taches brunâtres. Ce qu'il portait dans ses bras, comme on porte un enfant qui dort, était la selle de cheval anglaise que lui avait donnée le roi du Kayor au village de Meckhé.

Nous sommes restés debout face à face, sans mot dire, Ndiak et moi, devinant sans peine dans nos physionomies, la tristesse de nos histoires mutuelles. *

Nous nous étions retrouvés à la hauteur du village éphémère de Keur Damel, dont quelques vestiges de palissades emportées par le vent gisaient sur la plage.

Keur Damel

Je fis disposer sur le sable une grande natte sur laquelle nous nous assîmes, dos à la mer. Ndiak n'avait pas mangé depuis la veille et, tandis qu'il suçait un bout de canne à sucre pour trouver la force de m'écouter, je lui racontai la mort de Maram à Gorée. Ses yeux étaient remplis de larmes à la fin de mon récit et nous gardâmes le silence jusqu'à ces paroles de Ndiak que je n'ai pas oubliées :

— La vie est bien étrange. Il y a à peine sept jours, ce village de Keur Damel était pour nous un endroit parfaitement indifférent. Aujourd'hui il est l'origine de tous nos malheurs. L'homme qui avance sur le chemin de la vie tombe sur des embranchements, des carrefours fatals, qu'il ne reconnaît comme tels qu'après les avoir passés. Keur Damel était à la croisée de tous les chemins possibles de nos destinées. Si Seydou Gadio et moi avions choisi, Adanson, de te faire transporter en brancard à Yoff plutôt qu'au village de Ben, soit tu serais mort, soit quelqu'un d'autre que Maram aurait pu te ramener à la vie aussi bien qu'elle. Pendant ta convalescence à Yoff, Baba Seck, qui nous aurait devancés à Ben, aurait peut-être été tué par le serpent géant de Maram. Si elle avait eu le temps de faire disparaître le corps de son oncle dans un coin reculé de la forêt de Krampsanè, ou même sous la terre de sa concession, personne à Ben n'aurait jamais su sa véritable identité. Seydou Gadio n'aurait pas eu l'occasion de retrouver son fusil. Maram serait encore en vie et moi je ne serais jamais allé à Nder supplier en vain mon père, le roi sans cœur, de la gracier.

À ces derniers mots de Ndiak, je ne pus m'empêcher de pleurer à mon tour.

Nous entendions derrière nous l'immense cliquetis de millions de petits coquillages brassés par le flux et le reflux de la mer. Les éclats de voix des gens de notre escorte, qui par discrétion se tenaient assis loin de nous, nous parvenaient par vaguelettes de sons tourbillonnant dans le vent marin qui soulevait le sable.

Après un long moment passé à rêver à ce que m'avait dit Ndiak sur les hasards de nos destinées, je lui demandai où était son cheval. Le lui avait-on volé, comme Seydou Gadio le mien ? Ndiak me répondit qu'il s'était effondré, en pleine course, le matin même, après avoir galopé presque sans arrêt depuis qu'ils avaient quitté le village de Ben pour Nder. Quand Mapenda Fall était tombé, foudroyé, Ndiak avait été projeté sur le sable de la plage, ce qui avait atténué le choc de sa chute. Il avait eu toutes les peines du monde à lui ôter sa selle. Pour la déboucler, il avait été contraint de l'éventrer, d'où les taches de sang séché sur ses bottes.

Je savais combien Ndiak tenait à ce cheval qu'il avait baptisé du nom de sa mère et je parus surpris de la façon détachée dont il m'avait raconté sa triste fin.

— Je ne pleurerai pas ce cheval, ajouta-t-il, comme je ne regretterai pas le monde d'où je viens. Quand j'ai sollicité mon père pour qu'il gracie Maram, il m'a répondu que ce n'était pas son affaire, que, si je tenais à elle, je n'avais qu'à la racheter à de la Brüe. Oh, notre discussion n'a pas duré bien longtemps : la parole du roi du Waalo est irrévocable. Et comme mes deux seules richesses étaient mon cheval et ma selle, j'ai pensé pouvoir vendre à bon prix l'un et l'autre, une fois revenu au Cap-Verd, pour racheter Maram. J'ai perdu le cheval, mais j'ai toujours la selle du roi du Kayor. Je la porte à bout de bras depuis trop longtemps. Désormais, elle ne me sera plus d'aucune utilité. Je te l'offre, Adanson.

Ndiak avait parlé avec sérénité. Il ne plaisantait pas, il ne clignait pas des paupières comme lorsqu'il voulait jouer de finesse et de malice avec moi. Il souriait à la nouvelle vie qu'il se promettait.

— Mon cheval est mort pour tenter de sauver une jeune femme de l'esclavage, ajouta-t-il. Et il a eu une belle fin. À quel prix le roi du Kayor l'a-t-il acheté à des Blancs ou à des Maures ? Au prix de dix esclaves ? Je n'aurais pas dû donner le nom de ma mère à ce cadeau qui aurait dû me faire honte plutôt qu'exciter mon orgueil. Je l'ai compris juste après avoir vu mon père. J'ai ainsi décidé de quitter le royaume du Waalo pour celui du Kayor. La seule personne qui le sait déjà, à part toi, Adanson, est ma mère. Elle m'a donné sa bénédiction. Mais je ne me rendrai pas à Mboul ou à Meckhé pour ajouter une bouche inutile de plus à la cour du roi du Kayor. J'irai plutôt à Pir Gourèye. Là, j'étudierai le livre saint du Coran pour essayer d'atteindre la sagesse. C'est le seul endroit dans ce pays où vendre et acheter des esclaves est interdit. À Pir Gourèye, un cheval ne coûte pas leur liberté à des jeunes hommes et des jeunes femmes comme Maram. J'espère que le grand marabout acceptera que je devienne un de ses disciples.

Après ces paroles, Ndiak ôta ses bottes et plongea sa main droite dans le sable immaculé de la plage. Il en prit une poignée qu'il passa sur son visage, ses mains et ses pieds en guise d'ablutions, puis il se mit debout. La tête penchée vers le sol et les paumes des mains tournées vers le ciel, il pria longuement son Dieu tandis qu'un court crépuscule rougeoyait dans son dos.

le chagrin
la douleur, peine
depressed – déprimé, abattu

XXXII

Ndiak leaves after last meal

Le lendemain matin, Ndiak n'était plus là. À l'endroit même où nous nous étions retrouvés, lui et moi, sur la plage, un campement avait été dressé par mes gens. Nous y avions partagé un dernier repas à la lueur d'un foyer qui s'était doucement éteint tandis qu'il essayait de me consoler de la perte de Maram. Pendant que je dormais encore, Ndiak s'était éclipsé à l'aube sans me dire adieu. Il était parti vers l'est, dos à l'Atlantique, selon ce que me raconta un de nos porteurs, sans doute à Pir Gourèye, comme il me l'avait annoncé. *loses 2 loves*

Son départ me fit autant de mal que celui de Maram. Je le ressentis comme s'il était mort à son tour. Dans mon esprit désormais, l'un et l'autre voyageaient dans des mondes irréels, des rêves d'existence, à la croisée de chemins qui, à mesure qu'ils les passaient sous mon impulsion imaginaire, les éloignaient toujours plus de moi.

Je me sentais la tête vide, plus rien ne m'intéressait. Je n'observais plus ni les plantes, ni les oiseaux, ni les coquillages que j'aurais pu collecter sur le bord de mer que je suivais pour retourner à Saint-Louis. Je mesurais combien un pays, si beau et si intéressant qu'il puisse être dans l'absolu, ne représente plus rien quand on ne le peuple pas de nos songes, de nos aspirations,

de nos espoirs. Dorénavant, la vue des baobabs, des
ébéniers, des palmiers, ravivait mon désir de revoir
des chênes, des hêtres, des peupliers et des bouleaux.
Plus rien de l'Afrique ne trouvait grâce à mes yeux.
J'étais fatigué de la lumière crue de son soleil mangeur
d'ombres. Tout ce que j'avais trouvé beau, nouveau,
inouï, à mon arrivée au Sénégal, hommes, fruits, plantes,
animaux étranges, insectes, reptiles, ne m'émerveillait
plus. La fraîcheur des brumes du matin, l'odeur des
champignons dans les sous-bois, le bruit des torrents
de nos montagnes me manquaient. Je ne songeais plus
qu'à rentrer en France.

Une fois revenu à l'île de Saint-Louis, je n'en sortis
presque plus. Estoupan de la Brüe ne demanda pas à me
rencontrer. Sans doute son frère lui avait-il écrit ce qui
m'était arrivé au village de Ben et sur l'île de Gorée.
De la Brüe ne devait pas souhaiter m'entendre parler de
Maram. Et, pour tout rapport de la mission d'espionnage
du royaume du Kayor qu'il m'avait commandée, je me
contentai de lui envoyer la selle anglaise que Ndiak
m'avait abandonnée. Je l'accompagnai d'un court billet
où je lui expliquais que cette selle était un cadeau de
roi du Kayor révélant qu'il traitait aussi bien avec les
Anglais qu'avec les Français. J'ignore ce qu'Estoupan
de la Brüe fit de cette information mais, cinq ans après
mon départ du Sénégal, les Anglais s'emparaient de
Saint-Louis et de Gorée.

Espérant mon retour en France aussi impatiemment
que moi, Estoupan de la Brüe me fit avoir un jardin
d'essai tout près du fort de Saint-Louis. Bientôt je ne
m'amusais plus qu'à tenter d'acclimater dans ce jardin des plantes et des fruits de France dont les graines
m'étaient envoyées par les frères Jussieu, mes maîtres de

l'Académie royale des sciences de Paris. Et c'est grâce à ce jardin qui me reliait à la France que la nostalgie de mon pays se substitua insensiblement aux disparitions de Maram et de Ndiak.

Après avoir quitté un temps la description des plantes pour rencontrer des humains, je revenais à ma première passion, je retrouvais peu à peu mon goût pour l'étude de la nature. Je repris progressivement mes habitudes de travail et me lançai enfin dans mes recherches de botanique avec d'autant plus d'ardeur que j'y trouvais le réconfort de l'oubli. C'est à cette époque que je conçus mon projet d'encyclopédie universelle et que mon intelligence commença à s'y dédier nuit et jour.

Parfois, malgré mes nouvelles préoccupations, la noire mélancolie regagnait ses droits sur moi. Elle m'envahissait brutalement et pour arriver à lui échapper je devais me concentrer sur mes sensations. Une fois débusquée l'impression sensorielle qui me rappelait Maram, je m'efforçais de l'éradiquer ou, quand cela m'était impossible, de l'ignorer.

Cinq semaines avant mon retour en France, j'avais entrepris un dernier voyage en pirogue sur le Sénégal jusqu'au village de Podor, où la Concession avait un fort de traite. Je m'étais fixé la tâche de cartographier les méandres du fleuve depuis son embouchure et de collecter les graines de plusieurs plantes rares que je destinais au Jardin du Roi. Je demandais souvent aux laptots – ces pêcheurs faisant office d'interprètes pour les Français – qui conduisaient notre pirogue de traite de me débarquer, soit pour effectuer des relevés topographiques, soit pour chasser et herboriser en même temps. J'étais absorbé par les descriptions, que je désirais précises et que j'accompagnais de dessins dans la perspective de les faire graver pour mon encyclopédie, mon *Orbe universel*. De grands animaux comme les hippopotames ou bien encore ces lamantins que les marins européens ont jadis pris pour les sirènes de la mythologie abondaient dans cette partie du fleuve éloignée de Saint-Louis.

À mi-parcours, rien de bien notable ne m'était arrivé, et comme notre pirogue de traite n'avançait quasiment plus à cause de forts courants contraires, plutôt que de m'y morfondre, je passais le plus clair de mon temps sur la rive gauche du Sénégal. En compagnie d'un laptot, je chassais, pour me distraire, toutes les bêtes à poil et à plume que je pouvais. Je ne négligeais pas non plus de cueillir les fleurs les plus étranges que je trouvais et de les préparer pour mes herbiers. Et c'est ainsi qu'absorbé par l'une ou l'autre de ces activités, j'étais parvenu à ne plus penser à Maram, jusqu'au moment où, une fin d'après-midi, elle réapparut soudain dans mon esprit avec une acuité qui me troubla.

Sachant qu'il n'y a rien d'immatériel dans nos pensées et qu'elles sont souvent le résultat de chocs subis par l'un ou plusieurs de nos sens, je cherchai aussitôt ce qui avait causé l'irruption de Maram dans ma mémoire. Après un temps assez court, je découvris que ce n'était pas la vue d'un animal, ni même d'une plante de cette brousse, presque identique à celle du village de Sor, qui était la cause de ce retour de souffrance, mais une odeur d'écorce d'eucalyptus en train de se consumer. Quand Maram m'avait raconté son histoire, dans la pénombre de sa case à Ben, la fumée de l'encens qui s'échappait d'un petit récipient de terre cuite ajouré de figures géométriques sentait l'écorce d'eucalyptus brûlée. À ce souvenir, je fus pris d'un vertige de tristesse qui m'entraîna au sol. Et agenouillé, malgré la présence du laptot, je me mis à pleurer de toutes mes forces, comme jamais

accablé de chagrin

je ne l'avais fait jusqu'alors, même lorsque je venais de perdre Maram sur l'île de Gorée.

Ainsi étais-je encore à la merci de n'importe quelle sensation qui m'évoquerait Maram ! Je compris que je ne cesserais d'être tourmenté par son souvenir que lorsque je quitterais le Sénégal. Mais là où je me trouvais, sur une rive du fleuve, au milieu de nulle part, loin de Saint-Louis, j'étais pris au piège de mes regrets, de mon amour coupé à la racine, de mes espoirs déçus. Et à l'idée cruelle que, pour Maram et moi, il aurait été impossible de vivre ensemble à cause des préjugés de nos mondes respectifs et que même si elle avait été encore vivante nous n'aurions pu être unis, ni devant Dieu ni devant les hommes, je fus gagné, une fois ma crise de pleurs passée, par une immense colère. *Anger*

Possédé par une rage destructrice, désireux d'abolir cette odeur d'écorce d'eucalyptus brûlé, je ne trouvai pas d'autre monstrueuse solution que de fomenter un immense incendie de brousse où elle se serait perdue, recouverte par les senteurs de milliers d'autres essences d'arbres, d'herbes et de fleurs en feu. *sets a fire*

La pratique du brûlis pour fertiliser les terres étant commune au Sénégal, le laptot qui m'accompagnait, bien qu'il soit pêcheur plutôt qu'agriculteur, ne s'étonna pas de me voir m'activer pour que l'incendie soit gigantesque. Avec son aide, je crois bien avoir mis le feu à plusieurs hectares de brousse.

Nous étions en sueur, la chaleur suffocante de la fin du jour était accrue par les flammes qui montaient autour de nous. Et c'est ainsi que finalement pourchas- *pursue* sés par notre propre feu, harassés de fatigue, nous dûmes nous réfugier sur la berge où nous eûmes tout juste le temps d'être embarqués sur notre pirogue. À peine éloignés du bord du fleuve, nous vîmes s'en approcher

The Fire

de longs troncs d'arbre à l'écorce craquelée et sombre. C'étaient des crocodiles noirs, pullulant à cet endroit, qui venaient prélever le tribut de gibier grillé que leur offrait la brousse en feu. Et en effet, fuyant l'incendie, des animaux de toute taille et de toute couleur plongeaient dans le Sénégal où, dans des bouquets d'eau, ils n'en finissaient pas de mourir à moitié brûlés, à moitié noyés, avant d'être happés dans les grandes gueules roses ou jaune pâle des crocodiles noirs.

Tandis que le jour avait disparu, réfugiés sur notre pirogue, non loin du théâtre de ce massacre, mes compagnons laptots et moi, nous regardions, silencieux, l'incendie combattre l'eau. Des gerbes de feu engloutissaient les arbres qui s'abattaient dans le fleuve fumant de tous ces sacrifices de bois et de chair, de sève et de sang, que je lui avais offerts. Mais dans ce chaos de lumières aveuglantes et de fumées âcres, dans cette apocalypse d'eau, de feu et d'air torride, malgré toute l'énergie que j'avais déployée pour l'éradiquer, je croyais toujours sentir l'odeur entêtante de l'écorce d'eucalyptus brûlée qui me rappelait Maram. Maram, toujours Maram.

XXXIII

Une fois de retour à l'île Saint-Louis, après mon voyage sur le fleuve jusqu'au village de Podor, où je n'avais passé que trois jours avant de m'en lasser, je commençai à mettre en ordre toutes mes affaires pour préparer mon retour en France. Il me fallait classer dans des caisses les collections de coquillages, de plantes et de graines que j'avais rassemblées au Sénégal les quatre années qu'avaient duré mes recherches en histoire naturelle. Cette activité occupa mon esprit tout un mois sans que le souvenir de Maram ne vienne trop souvent m'affliger. Mais l'avant-veille de mon départ du Sénégal, le soir où je m'attaquai au rangement de mes affaires personnelles, je crus que mon cœur, rattrapé par l'incendie que j'avais allumé sur le fleuve, allait se réduire en cendres.

Déjà, je retrouvai dans un de mes deux coffres d'habits, sur le dessus, soigneusement lavés et pliés, comme je l'avais demandé à mes gens alors que nous étions à Yoff, le pantalon de coton blanc et la chemise décorée de crabes violets et de poissons jaunes et bleus que Maram m'avait donnés pour me changer la nuit fatale où j'étais chez elle. Bien qu'ils dégagent encore cette odeur de beurre de karité que je n'ai jamais aimée, je décidai de les conserver. Je ne les revêtirais plus de ma vie, mais ces habits étaient une des rares preuves tangibles que Maram m'avait prêté attention, qu'elle s'était attachée à prendre soin de moi. Je jetai en revanche la chemise, les bas et la culotte salis par les sueurs de la fièvre qui m'avait surpris à Keur Damel. Ces vêtements étaient maculés de traînées rougeâtres que la pluie d'orage avait répandues sur eux alors qu'après les avoir lavés je les avais accrochés à une palissade de la concession de Maram. On aurait dit, à la lueur de la bougie qui éclairait ma chambre dans le fort de Saint-Louis, qu'ils étaient tachés de sang coagulé.

Je déposais un à un mes habits à terre pour les trier quand, arrivant presque à bout de mon coffre, dont la faible lumière de la bougie ne parvenait pas à éclairer le fond, je sentis sous mes doigts une texture qui n'était pas celle du tissu d'un vêtement. Croyant que j'avais effleuré un de ces gros lézards inoffensifs qu'on appelle au Sénégal des margouillats, je retirai ma main brusquement. Mais comment ce margouillat se serait-il faufilé dans mon second coffre d'habits, resté fermé depuis le village de Yoff au Cap-Verd, il y avait de cela plusieurs mois ? Je levai ma chandelle et je découvris que la peau que j'avais touchée était bien celle d'un reptile, mais non pas d'un margouillat comme je l'avais cru d'abord. À la lueur dansante de la petite flamme, je défaillis de joie et de crainte mêlées en apercevant, soigneusement pliée, brillante comme si elle recouvrait encore un animal vivant, noire, striée de jaune pâle, la peau du serpent-totem de Maram.

Alors je compris pourquoi, quand j'avais ouvert mon coffre, s'était échappée une odeur de beurre de karité : c'était grâce à cet onguent végétal que Maram la préservait de sécher et de perdre ses couleurs. Sans doute était-ce aussi un rituel qu'elle rendait à son *rab* quotidiennement pour se le concilier. Mais comment cette peau de boa s'était-elle retrouvée là ? Était-ce Maram qui l'y avait glissée ? Si l'accès à mon coffre lui avait été possible, pour quelle raison l'avait-elle fait ?

Très ému, je crus certain que de quelque façon qu'elle se soit retrouvée dans mes affaires, cette peau de serpent pouvait être la preuve décisive – mieux que la main confiante qu'elle avait glissée dans la mienne, quand je l'avais entraînée à la mort sur le ponton de l'île de Gorée – de l'amour de Maram pour moi. Et mon cœur se serra de découvrir que toutes les vies heureuses que j'avais partagées en rêve avec elle depuis qu'elle était morte avaient gagné une part nouvelle de réciprocité qui me les rendait plus chères que jamais. Ainsi Maram m'avait-elle aimé ! Avait-elle senti naître des sentiments pour moi bien avant ma tentative désespérée de la sauver sur le ponton de Gorée ? Était-ce lorsque je lui avais appris que j'étais venu de Saint-Louis jusqu'au village de Ben par curiosité pour elle ? Était-ce parce que j'avais écouté son histoire sans presque jamais l'interrompre ? Un nouvel océan d'idées douces s'ouvrait devant moi et j'aurais été presque heureux si cette étonnante preuve des sentiments de Maram à mon égard n'avait pas été associée à la cruelle conscience de sa perte.

Bientôt, je fus préoccupé de savoir comment la peau de son *rab* protecteur avait pu être placée dans mon coffre d'habits. J'excluais que ce soit par Maram elle-même car elle avait toujours été sous la garde de Seydou Gadio. Je ne pensais pas non plus que ce soit le fait de Senghane Faye, son messager, le seul villageois de Ben qui ait essayé de la défendre quand Seydou avait annoncé qu'il la conduirait prisonnière à Gorée. Senghane n'en aurait pas eu l'occasion car mon escorte, ainsi que Ndiak, avait toujours veillé sur mes affaires.

Un début de réponse à cette énigme me vint à l'esprit quand je me souvins comment Seydou Gadio avait prétendu avoir retrouvé les traces de Maram dans la brousse. S'il était vrai, comme le guerrier l'avait dit, qu'elle avait laissé traîner volontairement sur le sol un bâton pour qu'il la repère facilement sous cet ébénier, et s'il était vrai aussi que Seydou, malgré son caractère inflexible, avait donné le temps à Maram d'enterrer le bâton de la vieille guérisseuse, n'était-il pas plausible qu'ils aient passé un autre marché, né de la crainte du guerrier de déplaire à une femme aussi puissante ? Il n'était pas incroyable que Seydou, contre l'assurance qu'elle ne chercherait pas à s'échapper, et surtout par peur de représailles mystiques auxquelles il prêtait foi, ait accédé à la demande de Maram de cacher la peau de son totem dans mes affaires. Il me semblait rétrospectivement que le guerrier n'avait été aussi inflexible dans sa volonté de l'emmener à Gorée que parce que Maram le lui avait commandé. Sa colère contre moi était due à sa peur de la jeune femme qui savait dresser des boas contre les hommes. Seydou était le seul membre de mon entourage qui avait pu accéder à mon coffre sans éveiller le moindre soupçon.

Dès le lendemain matin, je demandai des nouvelles de Seydou Gadio aux gardes du fort. Je voulais savoir si c'était bien lui qui avait caché la peau de serpent dans mon coffre à la demande de Maram. J'espérais aussi qu'il me rapporterait les paroles précises de Maram. Le temps pressait, j'étais à la veille de mon retour pour la France. Mais on me fit savoir qu'il n'avait pas reparu à Saint-Louis depuis longtemps et que même son acolyte de toujours, Ngagne Bass, ignorait où il se trouvait.

Ainsi, qu'il ait craint que je veuille des explications sur son insistance à conduire Maram prisonnière à Gorée

232

ou que j'exige qu'il me rende le cheval qu'il m'avait volé, Seydou Gadio, le vieux guerrier, n'était pas revenu sur l'île de Saint-Louis. Peut-être était-il retourné directement à Nder, sa mission étant de nous surveiller, Ndiak et moi, pour le compte du roi du Waalo plutôt que pour le directeur de la Concession du Sénégal. Si j'étais presque certain que Seydou, qui était waalo-waalo, avait emprunté au début la même route que moi, le long de la plage de la Grande Côte, pour quitter le Cap-Verd, il était plausible qu'il ait bifurqué vers le nord-est, pour Nder, sans se soucier d'aller informer Estoupan de la Brüe de mes mésaventures. Et, réflexion faite, je ne trouvai pas mauvais de ne pas l'avoir revu car je n'aurais sans doute pas supporté d'entendre les derniers mots de Maram à mon intention, quels qu'ils aient été, répétés par Seydou Gadio.

Lorsque je vins prendre congé de lui, quelques heures avant mon départ pour la France, Estoupan de la Brüe me reçut froidement. La langue française a cet avantage de permettre de s'acquitter formellement de ses devoirs de politesse sans pour autant y mettre du cœur et sans que cela non plus soit pris pour un affront direct. Aussi, ce fut avec un ton aussi policé et froid que le sien que je lui rendis compte du succès de mes plantations dans le jardin d'essai qu'il m'avait attribué à la fin de mon séjour. Les légumes et les fruits d'Europe qui avaient eu le temps d'y pousser avec profusion démontraient que les terres proches du fleuve Sénégal étaient propices à toutes les cultures. Si j'en avais eu le loisir et l'envie, et surtout s'il m'y avait encouragé par son ouverture d'esprit, j'aurais alors ajouté à mon petit exposé agricole que les milliers de Nègres que la Concession du Sénégal envoyait aux Amériques auraient été mieux employés à cultiver les terres arables d'Afrique. La canne à sucre poussait sans peine au Sénégal et le sucre dont avait tant besoin la France aurait pu en provenir plus avantageusement que des Antilles. Mais Estoupan de la Brüe était la dernière personne qui pouvait entendre ce beau discours que je n'ai fait que suggérer dans mon récit de voyage publié quatre ans après mon retour à Paris. Mon idée était en effet incompatible avec la richesse d'un monde qui roulait sur la traite de millions de Nègres depuis plus d'un siècle. Il fallait donc que nous continuions à manger du sucre imprégné de leur sang. Les Nègres n'avaient pas tort qui croyaient – peut-être est-ce encore le cas aujourd'hui – que nous les déportions aux Amériques pour les y dévorer comme du bétail.

par de ~~confidant~~ amis-proches / confidents

XXXIV

1753   *father died*

Je quittai sans regret le Sénégal pour la France à la fin de l'année 1753. Et lorsque j'arrivai au port de Brest, le 4 janvier 1754, l'hiver était si froid que tous les arbrisseaux, et même les graines que je destinais aux plantations exotiques du Jardin du Roi, avaient gelé. Un perroquet, aux plumes jaunes et vertes, que j'avais pensé pouvoir acclimater à Paris mourut aussi. J'avais moi-même le cœur glacé et je n'étais plus le même. Mon père était mort peu de mois auparavant et ma tristesse était accrue de savoir que je n'aurais pas pu lui expliquer, pas plus qu'à ma mère, la raison de ma profonde mélancolie.

Je n'avais personne à qui la confier, tous mes proches la mirent sur le compte des fatigues de mon voyage en Afrique. Et, faute de mieux, je finis par la comprimer si fort dans mon cœur, consacrant toutes mes forces à la quête d'une méthode universelle de classement de tous les êtres, que je crus avoir fait disparaître ma peine pour toujours.

Comme tous les jeunes gens, du moins je le suppose, j'oblitérai peu à peu mon chagrin d'amour pour Maram. À vrai dire, ma passion pour la botanique avait repris possession de moi, et je remarquais que dans les rares moments de vacance de mon esprit, surtout le soir

235

avant de m'endormir, l'image de Maram m'apparaissait de moins en moins souvent. Parfois, pris de remords, j'ouvrais mon coffre de trésors sénégalais pour toucher la peau de son totem. Je ne l'entretenais pas comme je l'aurais dû et je voyais bien qu'en se desséchant elle perdait le lustre de ses deux couleurs impressionnantes, ce noir de jais et ce jaune pâle semblable à celui du ventre d'une calebasse. Mais, peu à peu, cette peau de serpent ne me dit plus rien de Maram. Ni l'une ni l'autre ne semblaient résister au climat de Paris, à son atmosphère de rationalité.

Parfois, certains souvenirs s'étiolent, comme une plante délicate perd ses feuilles, quand l'esprit qui les nourrit ne les entoure plus de la même affection, de la même sollicitude qu'avant. Sans doute est-ce parce qu'il est absorbé par des aspirations surgies d'un monde trop différent, trop éloigné des rites, des représentations de la vie et de la mort, de celui que l'on a quitté. Ne parlant plus le wolof, je ne rêvais plus dans cette langue, comme cela avait été encore le cas quelques mois après mon retour du Sénégal. Et, comme si les deux étaient liés, plus cette langue que j'avais partagée avec Maram s'échappait de mon esprit, moins elle fréquentait mes souvenirs et mes rêves.

Ma première trahison fut d'offrir la peau du totem de Maram au duc d'Ayen, Louis de Noailles, auquel je dédiai aussi mon *Voyage au Sénégal* publié en 1757. Je crois qu'il apprécia mieux ce cadeau spectaculaire que mon livre. L'on m'a rapporté qu'il sortait la peau de boa de son cabinet de curiosités, s'amusant à la déployer sur toute son immense longueur dans la salle à manger de son hôtel particulier pour couper l'appétit de ses invités. Il l'avait baptisée « la peau de Michel Adanson » et, comme j'étais resté vague sur la façon dont je l'avais obtenue, il n'avait pas tardé à prétendre que c'était moi qui avais tué ce serpent gigantesque. Mais il précisait que, vu sa taille, je n'aurais pas pu y parvenir sans l'aide de dix chasseurs nègres aguerris à la poursuite de ces monstres, tels que seule la nature en Afrique peut en générer.

Je ne suis pas fier aujourd'hui de l'avouer, mais le temps effaçant peu à peu le beau visage de Maram de ma mémoire, j'ai fini par assimiler ma passion pour elle à une exaltation amoureuse inavouable, une folie de jeunesse sans conséquence. Mon ambition de savant était devenue si dévorante que je lui ai sacrifié Maram sans remords. Et, prisonnier de ma quête de reconnaissance et de gloire, institué par mes pairs spécialiste de tout ce qui avait trait au Sénégal, j'ai publié une notice, destinée au Bureau des Colonies, sur les avantages du commerce des esclaves pour la Concession du Sénégal à Gorée.

J'ai subodoré, j'ai argumenté, j'ai aligné des chiffres favorables à ce trafic infâme contre mes convictions désormais profondément cachées, enfouies dans mon âme. Abîmé dans l'étude des plantes, entraîné par une succession de petites compromissions alimentées par l'espoir de publier un jour mon *Orbe universel* dont j'attendais la gloire, j'ai perdu de vue Maram, c'est-à-dire la réalité tangible de l'esclavage. Ou, du moins, j'ai dissimulé à mes propres yeux cette réalité derrière une démonstration comptable et abstraite de ses avantages. À présent, je peux me dire que j'ai tué une seconde fois Maram quand j'ai écrit cette notice vantant le commerce des esclaves à Gorée.

Mon père avait accepté que je n'entre pas en religion à la seule condition que je réussisse à devenir académicien. J'ai substitué un sacerdoce à un autre, et, comme un homme d'Église profane, je me suis mis aux ordres de la botanique, corps et âme. Prisonnier volontaire de la parole donnée, j'ai puisé un jour la force d'écrire contre l'amour que j'ai conçu pour une jeune femme presque au moment même où je la perdais à jamais.

Il aura fallu, plus de cinquante ans après la mort de Maram, un événement dont je te parlerai un peu plus loin dans mes cahiers, Aglaé, pour ressusciter les souvenirs extrêmement douloureux de l'amour profond que je n'ai jamais cessé d'éprouver pour elle, malgré la longue léthargie de ma mémoire.

Lorsque j'ai épousé ta mère, ma chère Aglaé, Maram n'existait plus dans mon esprit. Jeanne était beaucoup plus jeune que moi et je dois dire que, les premiers temps de notre mariage, elle m'a rendu à la vie. J'ai ouvert mon cœur à son goût pour le théâtre, la poésie, l'opéra. Près d'un an avant ta naissance, ta mère est même parvenue à m'arracher à mon travail. Elle m'a entraîné au Théâtre du Palais-Royal, le soir de la première de l'*Orphée et Eurydice* de Gluck, le 2 août 1774, très exactement.

À cette date, j'en étais encore au point où j'essayais de concilier mon amour pour ta mère et mes ambitions académiques. C'est son énergie qui m'a aidé en 1770 à surmonter la déconvenue de voir la chaire qui m'était promise au Jardin du Roi attribuée à un plagiaire, un parvenu de la botanique, le propre neveu de Bernard de Jussieu, mon ancien mentor. C'est encore ta mère qui a rendu attrayants mes cours d'histoire naturelle dispensés chez nous, rue Neuve-des-Petits-Champs, deux années de suite, de 1772 à 1773. Elle a ce goût pour les relations mondaines que je n'ai pas. Ta mère a compris bien avant moi que je n'aurais aucune chance de publier mon *Orbe universel* sans le soutien de personnages bien en cour. Son entregent, son habileté auraient porté leurs fruits, et la fortune m'aurait favorisé, si je ne m'étais pas détourné d'elle toutes les fois que ta mère me l'a présentée.

En ce soir du mois d'août 1774, je me sentais heureux que ta mère m'ait entraîné à l'opéra. Nous étions bien placés, dans la loge du duc d'Ayen. Il ne fallait pas être très perspicace pour deviner que ce protecteur des sciences et des arts, auquel j'avais dédié mon *Voyage au Sénégal* et offert la peau du boa géant de Maram, n'avait fréquenté mes cours de botanique que pour courtiser ta mère. Voulant lui être agréable, connaissant son goût pour la grande musique, Louis de Noailles nous avait prêté sa loge au Théâtre du Palais-Royal.

Nous étions arrivés en retard pour une raison que j'ai oubliée, sans doute par ma faute. L'orchestre dans sa fosse avait fini de s'accorder. Quand nous gagnâmes notre loge, le silence s'était fait dans l'assistance. Quelques lorgnettes se tournèrent vers nous. L'assemblée était brillante et j'étais mal à l'aise. Je me mis en retrait sur mon siège tandis que ta mère, le buste avancé, était la seule de nous deux visible des loges voisines. J'ai le souvenir de son visage éclairé par les milliers de chandelles du lustre suspendu dans le ciel de la scène où le tableau du premier acte était déjà en place. Un bosquet d'arbres, peints sur toile, au pied duquel se trouvait un tombeau de marbre en carton. Une petite troupe de bergères et de bergers jetait mollement sur le tombeau d'Eurydice des fleurs fraîches. Puis, tandis que le chœur le plaignait, apparut Orphée pleurant la mort de sa bien-aimée.

Submergé par les chants poignants qui s'élevaient de la scène, portés par la sublime musique de Gluck, le visage de ta mère, qui se retournait parfois vers moi, reflétait les émotions des personnages. À vrai dire, c'étaient moins les reflets de leurs émotions qu'une

239

série d'expressions venues de son propre fond, comme si tantôt Eurydice, tantôt Orphée investissaient son être, s'emparaient de son âme, surgissant par éclairs de ses yeux.

Le dieu Amour, touché par les plaintes d'Orphée, a intercédé auprès de Jupiter, le dieu des dieux, pour que le prince de Thrace puisse aller rechercher son Eurydice aux Enfers. Jupiter tonnant a accepté, mais c'est à la condition impossible qu'Orphée ne se retourne pas sur Eurydice sur le chemin du retour à la vie.

Orphée descend aux Enfers et se saisit de la main d'Eurydice. Les doux accents d'une flûte aérienne se détachent des violons. Mais Eurydice refuse de suivre Orphée car il ne la regarde pas. Elle ne comprend pas que l'homme qu'elle aime ne la cherche pas des yeux après une si longue séparation. Orphée l'aime-t-il toujours ? Aurait-il peur que la mort l'ait défigurée ? Eurydice souffre, elle retire la main dont s'est emparé Orphée. « Mais par ta main ma main n'est plus pressée ! / Quoi, tu fuis ces regards que tu chérissais tant ! » La pauvre Eurydice ignore la terrible condition que Jupiter a imposée à Orphée pour qu'elle ressuscite. Affligé par les craintes de sa bien-aimée, désobéissant à l'ordre insoutenable de Jupiter, Orphée se retourne alors sur Eurydice pour lui prouver qu'il l'aime toujours. Elle disparaît aussitôt comme une ombre, les Enfers l'ont reprise. Fracas de violons. Cris du chœur. Désespoir d'Orphée.

Orphée s'exhorte au suicide, sa seule chance de rejoindre Eurydice pour l'éternité. Mais si, dans le mythe, Orphée finit par se laisser tuer pour retrouver son Eurydice aux Enfers, Gluck ne le veut pas. Et dans un bouquet final de violons doux et de flûte tendre, le dieu Amour sauve Orphée de la mort en ramenant Eurydice à la vie.

J'ai vu durant les trois actes pleurer ta mère tantôt de peine, tantôt de joie, et je crois que je n'oublierai jamais son sourire mêlé de larmes la seule fois qu'elle tourna entièrement son beau visage vers moi. J'avais pris sa main droite dans ma main gauche et je la serrais un peu fort.

XXXV

Le temps a passé et nous a séparés, ta mère et moi. S'il y a bien une preuve que nous nous sommes aimés, c'est toi, Aglaé. Tu portes le nom de la messagère d'Aphrodite, la plus jeune, rayonnante de beauté. Tu le dois à ta mère, dont la sensibilité aux belles fables des Grecs, même si je ne l'ai pas partagée longtemps, m'a toujours plu. J'aurais pu être heureux avec vous deux si la botanique ne m'avait pas privé du temps que mon amour vous devait. Cette science a été ma maîtresse tyrannique. Elle a tout brûlé autour de moi qui n'ai pas su me détacher d'elle malgré sa jalousie dévorante.

C'est depuis que j'ai entrepris d'écrire ces cahiers pour toi, Aglaé, que je crois avoir réussi à me délivrer entièrement de son emprise. Mais, à vrai dire, je n'ai commencé à me libérer de mon obsession de publier mon encyclopédie universelle qu'au début du mois d'avril de l'an dernier, juste après l'échec de mon ultime tentative pour la faire publier dans l'intégralité de ses cent vingt tomes.

J'avais écrit à l'Empereur une nouvelle lettre, où je lui demandais la faveur d'être le mécène de mon *Orbe universel*. Sa réponse, la promesse d'une gratification de trois mille francs, m'est apparue comme une aumône. Une aumône concédée aux dernières lubies d'un vieil académicien. Je pensais la refuser, car je ne sollicitais pas une pension supplémentaire. Je confiai ma décision à mon ami Claude-François Le Joyand qui n'eut de cesse de s'employer à me convaincre d'accepter ce petit don impérial – mon refus le mettrait en porte-à-faux, c'était lui qui avait fait jouer ses relations pour que l'Empereur daigne jeter un œil sur ma lettre. « Un bienfait peut en appeler un autre, ne cessait-il de me répéter. L'Empereur finira par comprendre l'utilité de votre encyclopédie pour le rayonnement scientifique de la France en Europe. »

Et c'est par ces mots que Le Joyand m'accueillit chez lui le 4 avril 1805. J'avais accepté son invitation pour me laisser consoler par lui de ma énième déconvenue éditoriale. Claude-François Le Joyand a été un de mes rares confrères académiciens que je croyais être aussi mon ami. Mais je fus extrêmement désappointé quand je découvris, dans le vestibule de son appartement, une assemblée assez nombreuse que je connaissais en partie. Guettard, mon meilleur ennemi, était là. Lamarck aussi. J'avais pensé à tort que j'étais le seul invité. Le Joyand manœuvrait pour être adjoint au secrétariat perpétuel de la classe II du nouvel Institut impérial des sciences et des arts, il jouait le réconciliateur entre l'ancien et le nouveau monde académique.

Après m'avoir présenté à la dizaine de personnes qu'il avait, selon ses mots, réunies en mon honneur, il me prit par le bras pour me conduire vers une porte à double battant ouverte sur une grande salle de séjour. Tout le monde nous suivit, y compris Guettard et Lamarck qui m'avaient salué avec cérémonie, presque cordialement, sans du moins l'ironie voilée à laquelle je m'attendais. Mais à peine avais-je fait quelques pas à l'intérieur de cette pièce que je me figeai soudain.

Le portrait d'une Négresse

Me voyant blêmir, interrompant les compliments que m'adressait une femme que je ne regardais pas, Le Joyand me présenta celle qui avait si violemment frappé mon attention. J'avais cru sentir, à sa vue, mon cœur se recroqueviller sur lui-même. Et, tandis qu'il me racontait comment il avait obtenu de sa propriétaire qu'elle puisse figurer dans son salon, je ne l'écoutais presque plus car il me semblait que, revenue du tréfonds des Enfers où je l'avais abandonnée depuis si longtemps, Maram me dévisageait, avec tristesse.

C'était un tableau. Le grand portrait d'une Négresse, en robe et foulard blancs, assise sur un fauteuil recouvert d'un tissu de velours bleu nuit, un sein nu, la tête tournée de trois quarts vers moi. Le Joyand l'avait fait accrocher face à l'entrée de sa salle de séjour. Je ne l'avais pas d'abord aperçue, occupé à saluer les autres invités. Cela n'était arrivé que lorsque j'avais levé les yeux pour examiner l'endroit où il m'entraînait.

Fier de lui, Le Joyand pensait avoir réussi à me transporter dans une période qu'il jugeait la plus glorieuse de ma vie. C'était à lui que je devais le surnom de « pèlerin du Sénégal », que mon manque de modestie m'avait malheureusement fait adopter sans trop de difficultés. Il avait lui-même fait en 1759 une courte escale au Sénégal lors d'un voyage savant qu'il avait effectué sous la direction de Nicolas-Louis de La Caille, un astronome de renom. Destiné à aller observer le passage de la comète de Halley dans le ciel de la Grande Île de Madagascar, ce périple avait été un échec : le soir de son passage annoncé, des nuages l'avaient soustraite aux lunettes des savants. Mais Le Joyand, qui faisait profit de tout, aimait à raconter des morceaux de son voyage vieux de près de cinquante ans. Il se glorifiait d'avoir

245

repéré les caractères dominants de la beauté des femmes wolof, malgré la brièveté de son séjour :

— Regardez-la bien, Adanson. Ne trouvez-vous pas qu'elle ressemble aux femmes que vous et moi avons vues au Sénégal ? me répétait-il.

Il m'apprit qu'elle se nommait Madeleine, qu'elle venait de la Guadeloupe. C'était la servante de ses amis d'Angers, les Benoist-Cavay, qui l'avaient achetée à son débarquement d'un bateau en provenance de l'île de Gorée. Elle n'était alors âgée que de quatre ans et ne se souvenait pas de sa terre d'origine. Mais son visage parlait pour elle. Le Joyand était certain qu'elle était de race wolof.

— Ne trouvez-vous pas, comme moi, Adanson, qu'elle fait wolof ?

Tous ses invités regardaient le portrait de la négresse Madeleine, et Le Joyand, au centre de l'attention, ne me laissa pas le temps de lui répondre. J'en aurais été incapable tant j'avais la gorge serrée.

Ses amis angevins, les Benoist-Cavay, avaient une belle-sœur, Marie-Guillemine Benoist, peintre de grand talent, qui avait tenu à faire le portrait de leur belle servante noire. Lorsqu'ils avaient appris que Le Joyand souhaitait accrocher ce portrait sur un mur de son salon en l'honneur de Michel Adanson, ses propriétaires n'avaient pas hésité à demander à la peintre de le lui prêter. Marie-Guillemine Benoist avait accepté de s'en séparer pour deux jours seulement.

— Alors, vous confirmez, Adanson, comme je ne cesse de le dire aux Benoist-Cavay, que Madeleine est bien une Négresse d'origine wolof et non pas bambara ?

J'eus assez de présence d'esprit pour répondre à Le Joyand que oui, assurément, la jeune femme du portrait était d'origine wolof et que j'en avais même

246

connu une qui lui ressemblait étrangement. Un long cou identique, le même nez busqué, la même bouche…

Je n'eus pas le temps de prononcer le nom de Maram. Déjà Le Joyand, qui tenait à me faire plaisir avec opiniâtreté, m'entraînait, ainsi que tous ses autres invités, vers des sièges disposés en demi-cercle autour de quelques pupitres de musiciens. J'eus droit à un fauteuil au premier rang et, à peine installé, je découvris qu'une des jeunes femmes que j'avais saluées distraitement dans le vestibule était cantatrice d'opéra. Elle se présenta à moi avec beaucoup de grâce pour m'annoncer qu'elle chanterait, accompagnée d'un violon, d'un violoncelle, d'un hautbois et d'une flûte, des extraits des premier et deuxième tableaux du troisième acte d'*Orphée et Eurydice* de Gluck.

Cela n'était pas une pure coïncidence : j'avais eu la faiblesse d'avouer un jour à Le Joyand que je n'avais jamais assisté de ma vie à un autre opéra que celui de Gluck. Il s'était donc ingénié à en faire jouer des morceaux chez lui, ce jour-là, comme s'il s'agissait de me prouver, tant que j'étais encore vivant, la force de son amitié pour moi.

Quand les instruments préludèrent aux premiers chants de la cantatrice, je dois reconnaître que je me sentis reconnaissant à Le Joyand d'avoir organisé ce concert car il me sembla que pendant tout le temps que durerait la musique j'arriverais à me déprendre de mes émotions. Mais je me trompais. Je me décomposai dès que la cantatrice, une soprano, se mit à moduler les plaintes d'Eurydice, affligée qu'Orphée, descendu aux Enfers, n'ose pas la regarder. Derrière les musiciens, j'apercevais le portrait de Madeleine et, surpris par une sorte de délire de l'imagination, j'avais le sentiment que Maram empruntait la voix de la soprano pour me reprocher l'oubli où je l'avais jetée. Maram me semblait distante et proche à la fois, présente et absente de son propre portrait. Elle avait cette expression du visage que j'imaginais celle d'Eurydice lorsque, heureuse enfin d'être regardée par Orphée, elle comprenait soudain, à l'instant même où la mort la reprenait, le sens de l'indifférence feinte jouée par son époux. Ce court instant, ce temps suspendu entre la vie et la mort, je l'avais vécu avec Maram. J'étais son Orphée, elle était mon Eurydice. Mais, à la différence de l'opéra de Gluck, dont la fin était heureuse, j'avais irrémédiablement perdu Maram.

Le flot de souvenirs que j'avais retenus, des décennies durant, derrière un barrage d'illusions pour me préserver de leur cruauté, me submergea. Et je vis les yeux de la cantatrice se mouiller de larmes d'observer un vieil homme se décontenancer ainsi devant elle.

Malgré tous les subterfuges que j'avais inventés pour l'oblitérer, la souffrance éprouvée sur le ponton de Gorée, après notre brève échappée au-delà de la porte du voyage sans retour, Maram et moi, me revenait intacte. Je compris alors que la peinture et la musique ont le pouvoir de nous révéler à nous-même notre humanité secrète. Grâce à l'art, nous arrivons parfois à entrouvrir une porte dérobée donnant sur la part la plus obscure de notre être, aussi noire que le fond d'un cachot. Et, une fois cette porte grande ouverte, les recoins de notre âme sont si bien éclairés par la lumière qu'elle laisse passer, qu'aucun mensonge sur nous-même ne trouve plus la moindre parcelle d'ombre où se réfugier, comme lorsque brille un soleil d'Afrique à son zénith.

Ma chère Aglaé, voici venu le terme de l'histoire que je te destinais, ainsi que celui de ma vie. J'ose espérer

Madeleine

au moment où j'achève l'écriture de mes cahiers que tu
les découvriras serrés dans ce maroquin en cuir rouge, à
l'endroit où je l'aurai dissimulé pour toi. L'incertitude
que tu les retrouves un jour dans le tiroir à l'hibiscus me
torturera jusqu'à ma mort, que je sens proche. Mais cette
mise à l'épreuve de ta fidélité me semble nécessaire.
C'est, je le crois, le gage que tu comprennes toutes les
chaînes secrètes qui ont pesé sur mon existence.

Si jamais tu l'as accepté en héritage, tu auras trouvé
aussi, dans un des tiroirs du meuble à l'hibiscus, un
collier de perles en verre blanches et bleues rapporté
du Sénégal. Je te prie d'aller à Angers ou à Paris, chez
les gens qu'elle sert, pour offrir à Madeleine ce collier
en mon nom. Claude-François Le Joyand te donnera
leur adresse. Et s'il refuse, comme je le crois possible,
offre-lui en échange une ou deux collections de mes
coquillages. Il saura s'en prévaloir pour gagner le poste
qu'il vise à l'Institut.

À la différence des Africains plus âgés que l'on
envoie aux Amériques et qui, à tout hasard, transportent,
enfermées dans des petits sachets de cuir, quelques
graines des plantes de leur pays, Madeleine n'a sans
doute rien pu emporter. Elle était trop petite quand on
l'a arrachée au Sénégal. Et comme ni mon nom ni ma
personne ne lui évoqueront rien, je te prie d'ajouter à
ce modeste collier de perles en verre un louis d'or que
tu trouveras dans le même tiroir. Si le cœur lui en dit, *ce la bonté*
que Madeleine dépense ce louis d'or pour festoyer à
la mémoire d'un tout jeune homme qui n'est jamais
vraiment revenu de son voyage au Sénégal. Madeleine
ressemble tant à Maram ! Va la voir pour moi. Parle-lui
ou ne lui dis rien. Va la voir et tu me verras !

Algaé → une plante

amorcer
lancer ⟩ Etat précipité

XXXVI

Madeleine détestait son portrait. Elle ne s'y reconnaissait pas et il lui semblait qu'il lui porterait malchance pour le restant de sa vie. Les hommes qui le voyaient la scrutaient ensuite comme s'ils voulaient la déshabiller. Les plus rustres essayaient de lui toucher les seins. Même Monsieur Benoist, son maître, se l'était permis. Madame, qui était jalouse, l'avait deviné.

Depuis qu'elle avait posé pour la femme peintre, la belle-sœur de Monsieur Benoist, des choses étranges lui arrivaient. On aurait dit que le tableau parlait à sa place et qu'il racontait n'importe quoi à qui voulait bien l'interroger du regard. La veille, une Madame était venue lui offrir un collier africain de pacotille et un louis d'or pour boire à la santé d'un mort, un certain Michel Danson, ou quelque chose comme ça. Elle avait refusé la pacotille et le louis d'or. Elle n'était ni à vendre ni à acheter. D'ailleurs, c'était déjà fait : elle appartenait aux Benoist-Cavay depuis toujours. On l'avait affranchie mais elle n'était pas libre.

La Madame avait beaucoup insisté. Ce n'était pas une aumône. Le collier et le louis d'or, c'était pour respecter les dernières volontés de son père qui avait été en Afrique. Avant de mourir, il avait vu son portrait. Elle ressemblait comme deux gouttes d'eau à une certaine

Mara, ou quelque chose comme ça. Mara, c'était une jeune femme sénégalaise que Michel Danson avait aimée quand il était jeune.

Madeleine avait dit non. Elle ne voulait pas les cadeaux d'une autre. Ce n'était pas sa faute si Michel Danson s'était trompé de personne. La Madame était repartie avec ses trésors en pleurant. C'était bien fait, elle l'avait fait pleurer elle-même en la torturant de questions impossibles. Du Sénégal, elle ne se souvenait de rien et ne voulait rien savoir. On l'avait enlevée d'Afrique sans sa mémoire. Elle était trop petite. Parfois, des éclats de soleil reflétés sur la mer et des bribes de chants lui revenaient en rêve. C'était tout.

Guadeloupe Chez elle, ce n'était pas là-bas au Sénégal, chez elle, c'était Capesterre-de-Guadeloupe. Elle espérait que les Benoist-Cavay se décideraient vite à rentrer dans leur domaine. Elle espérait surtout qu'ils laisseraient son portrait en France et que personne à Capesterre ne la verrait pendue sur un mur de l'habitation de ses maîtres, le sein nu.

Chez elle, à Capesterre, elle ne connaissait qu'un seul vieil homme qui se rappelait tout. C'était le vieil Orphée, qui disait à qui voulait l'entendre, les jours où il avait bu trop de rhum, qu'il s'appelait Makou et qu'il venait d'un désert d'Afrique nommé Lapoule, ou quelque chose comme ça. Pour se moquer de lui, au lieu de l'appeler Orphée, comme l'avait baptisé le père de Monsieur Benoist à son arrivée à la plantation, on le surnommait, entre nous, Makou Lapoule. Il racontait toujours, quand il était saoul, qu'il était devenu esclave à cause du mauvais œil d'un Blanc-démon croisé quand il était tout petit.

Makou croyait dur comme fer que c'était parce qu'il avait tiré les cheveux d'un Blanc tombé du ciel, dans

252

son village d'Afrique, lorsqu'il était tout bébé, qu'il avait été enlevé avec sa sœur ! Makou Lapoule jurait que sa grande sœur avait eu le temps de le lui raconter avant qu'on ne les sépare dès le départ du bateau pour l'enfer. Il avait huit ans et elle douze. Il n'avait rien oublié. Et il répétait de sa voix éraillée, quand il était ivre, qu'il n'aurait pas dû s'accrocher tout bébé aux cheveux rouges du Blanc, que c'était pour ça qu'il était devenu esclave. Les cheveux rouges, c'était la marque du démon.

Les autres se moquaient de lui, mais moi, Madeleine, je ne riais pas à leur façon. Je riais pour ne pas pleurer des délires d'Orphée.

RÉALISATION : NORD COMPO À VILLENEUVE-D'ASCQ
IMPRESSION : CPI FRANCE
DÉPÔT LÉGAL : AOÛT 2022. N° 151222 (3048643)
IMPRIMÉ EN FRANCE

Éditions Points